世味烹开 饮到醇

灵子 著

中国文史出版社

图书在版编目（CIP）数据

世味烹开饮到醇 / 灵子著 . -- 北京 : 中国文史出版社 , 2020.12

ISBN 978-7-5205-2846-7

Ⅰ . ①世… Ⅱ . ①灵… Ⅲ . ①散文集 – 中国 – 当代 Ⅳ . ① I267

中国版本图书馆 CIP 数据核字 (2020) 第 254417 号

责任编辑：金　硕

出版发行	中国文史出版社
社　　址	北京市海淀区西八里庄路 69 号院　邮编 :100142
电　　话	010–81136606 81136602　81136603 81136605（发行部）
传　　真	010–81136655
印　　装	阳谷毕升印务有限公司
经　　销	全国新华书店
开　　本	650 × 960　1/16
印　　张	12
字　　数	140 千字
版　　次	2021 年 4 月北京第 1 版
印　　次	2022 年 3 月第 2 次印刷
定　　价	38.00 元

目 录

Contents

自序：世间所有相遇都是久别重逢 001

第一辑 尘心若水

春雨楼头尺八箫 004
谁知石子意 008
陌上花开 011
一个寂静的黄昏 014
苍 耳 017
在水一方 028
把好还给好 033
旗袍往事 037
岁月从不败美食 040
美丽花事 043

绣 047
情化烟雨落江南 051
琵琶吟 054

第二辑　月色倾城

美丽典范 058
再看天边红 063
给邦子的情书 071
去似朝云无觅处 079
谁是心上那朵梅 084
旗袍女子 093
你的花园，是送给人间的礼物 100
几生修得到梅花 104

第三辑　尘缘不断

那么，就做一个温柔的人吧 110
至死不渝 114
有那么多美好的事要做 118
何须更多呢 122
当纷繁退去 126
春风吹过我的城 129
万水千山总是情 133
前尘堪忘不堪怨 138

请暖暖微笑 141

第四辑　观影随笔

每个人心里都有一个肖申克 146
爱的救赎 149
沉静如海 153
他寂寞的时候，我可以唱歌给他听 157
诺丁山，因为有你此生安然 161
原来，你也一直在等我 165
那一场不愿意的初恋 170
活着的品质 173
往事不要再提 179

自序：世间所有相遇都是久别重逢

从未觉得自己会写、能写。我只是喜欢写。

对我来说，写是自牧，也是修行，是对这个世界最自然的表达，最深挚的回应，最动人的回归。

“文是案上的山水，心有田园自然会诉之于笔端，喜欢你文字的风格，质朴不失灵动，深情而不做作，如一朵花儿，没有娇妍的颜色，却散发着淡淡的馨香。”这是多年前，偶然在文字里相遇的朋友给我的留言。淡淡馨香，这样足矣。

当然，阅读和写作都是很私人的事，常常带着个体固执的审美和偏好。所以，别人觉得好的，你未必觉得好。如果那种山水不是你曾在红尘里跋涉过的，你没有忧过那样的忧，喜过那样的喜，就不会知道那细微喜忧的源头和来路，就不会知道它的好。

有些懂得，即便不言语，也能丝丝会意，这便是文字里的懂得。我想，这世间再不可能有一种懂得比文字里的懂得更深切更入微了。因为文字的背后，常常隐藏着一个人最细微的思与想，喜怒与哀乐，它们是通往心灵的最可信赖的途径。

“写字的人，一般都是挑剔的读者，遇见好文，遇见安静写文的人，就像遇见了旧友。”这也是多年前友对我说的话。我相信，与文字的相遇，最可一见如故。这如故，恰似久别重逢。

文是案上的山水，心有田园自然会诉之于笔端。愿被诉之于笔端的它们，在被阅读的缘分里，与你久别重逢。

2020 年 10 月

第一辑

尘心若水

春雨楼头尺八箫

我对美，有一种偏见，偏爱时光沉淀。认定那些历经朝代灰飞，依然能在重重烟尘与沧桑中传承并保留下来的事物，必然有着独一无二的美。比如古琴。比如尺八。

那一夜，第一次听尺八。尺八，弦声慢慢，却丝丝入骨，入得那样深，似千年沉积的孤独与乡愁，无可丈量；又那样倔强——哪怕虚空与孤独坚不可摧，哪怕心与身争到泪流满面，生，仍要将不屈的清韵，一缕一缕镂入骨髓，再从骨子里开出禅花，开出诗意。

夜寂寂，心若水，我靠在藤椅上闭目，听尺八。听到乐也无声，人也无绪，境境相融，泪水却无端湿了眸睫。

如何能确切说出那一种感受呢？

我是知道的，最深的孤独里可以修证出最深的宁静。独孤宁静处又常常蕴藏着深远清冽之美。尺八的魂骨里，恰有这种修证与蕴藏。

此刻，身外无山无林无星亦无月，吹尺八的人，他明明在眼前，可那音韵却是从杳杳的山中来，从空空的谷中来，从林深不知处来，从皎寂的月下来。来了，又在你心间布下远山，空谷，林深，皎月……

尺八的幽悠杳远，使得屋和窗都限于形角，一切有形空间都显得狭窄和逼仄。它是山的远，谷的空，林的深，月的清，夜的寂，唯有天地，可以做它的舞台。凝神听，栖身的屋子便退去了，连打开的窗子也退去了，举世杳然，唯有山林月色，任你栖心。听到泪落处，仿佛人生，只剩下慈悲一种滋味。低回，节制，简静，优雅。

学习尺八，极难，不是一般大众都可以修学与吹奏。它大简的旋律与大美的意境，要求吹奏者在拿起一杆尺八之前，先要将自己的每一根骨头都修炼好。修出坚忍、清宁、大义、优雅与从容。

尺八无曲谱，只重心心相授，口耳相传。日本尺八大师冢本松韵说："吹尺八时，一切声音从吹者心中自然流露，心自清澈、天地感通。尺八不是乐器，吹尺八的人也不是演奏家，而是修行的行者。"

尺八发源于东汉时期的中国，宋朝时由遣唐使传入日本。让人痛惜的是，源于中国的尺八，在今天的中国却已濒临失传。

冢本松韵说，古时候，中国人给了日本很多东西，我们现在应该一点一点地还礼，这是礼尚往来。

1999 年，冢本为尺八到中国寻祖，在杭州遇到"中国笛王"赵松庭，两人一见如故。为学习循环呼吸法，冢本诚拜赵松庭为师。

"当时已经 77 岁的赵松庭希望冢本日后能将发源于中国却又早已在中国失传的尺八演奏带回来，冢本当即答应。两年后，赵先生驾鹤西去，此后的十年里，冢本每年自费到中国两次，义务教授，赠送尺八，从未间断。别人问他为什么，他笑着说，男人对男人说过的话，要算数的。"读到这一则，心中涌起四个字——情义无价。

至高之品，方可撑起至美之物。松庭老师与冢本，品性之契合，实如清风过竹。这种无国界的大美大爱之交融，尤让人感动，温暖。

书架上有白落梅写的一本关于苏曼殊红尘游历的书——《爱如禅，你如佛》，至今没有读完，但书后附的苏曼殊诗选却常读不倦。其中的《本事诗》第九首，写的就是尺八：

> 春雨楼头尺八箫，何时归看浙江潮？
> 芒鞋破钵无人识，踏过樱花第几桥？

异乡漂泊倦亦久的僧人，在春雨潇潇中，忽闻这低回不绝，如泣如诉，绵绵无休的尺八声，唤起乡愁心已悲，感怀身世情更苦。想当时，僧人那一行无人得见的清泪，亦不知淌落在樱花第几桥？

又想起那位日本女子叶子劝夫君李叔同时说的话——叔同，你去日本出家吧，日本僧人可以带家眷的。

叔同答，我是中国人，只做中国和尚。

原来，四大皆空的僧人，亦不能空下乡愁，空下赤子之心。

叶子在一个雷雨夜立于寺院门口，等她已经出家的叔同出来一见，终不得。带着满腹不能与人说的心事，她独自回日本去了。从此，关于这个女子的美丽与哀愁，再无人知晓。

然，每每想起那个雨夜空阶上声声切唤叔同的叶子，仍心有不忍。女子对爱，总是难割舍，叶子如是，你我又何尝不是？多少爱，明知是妄念，仍甘愿固执短见，辜负了多少日夜欢颜？“世间哪得双全法，不负如来不负卿”吟之，心也沧沧，泪也潸潸。

叔同的“悲欣交集”，便是慈悲之味吧。也是尺八之味。修行之味。

忽记当年，伊人说，灵子素手纤纤，应学习一门乐器。年轻时，确奢文艺诸事，喜欢《金色池塘》里的小提琴，高贵优雅。而今，渐行渐远，更喜欢“一轮明月耀天心”的清远，喜欢尺八的节制坚忍与简静。

“人的生命很短，很珍贵，且只属于自己。不要浪费在跟自己无关的时势、人和事上。活我自己，独善其身，尽可能远离污浊……”这，亦是我现在活着的态度吧。若无治国之能，便独善其身，节制简静，也不失为大好人生。若人人能如此，世界静好，还复何求？

执何心，遇何事，知何味。这大概亦是我对尺八一曲倾心的缘故吧。此生，学习一门乐器的夙愿是不能遂了。难如尺八，更不可能。所幸，天下美好之事是互通互渗的，能聆，能感，能悟，已经满足。何况我尚可以读可以写，聊以丰盈自娱这苍苍之生。

如松庭老师与冢本这般，一生为一桩美好的事，投入诚挚的情义与热爱，实是一种大福气。心怀一种源于精神又回归精神的美好信仰，便是一种美好的活着吧。

优美的事物，总是蕴涵着动人的风骨，品格与厚重。这种优美，千古同宗，举世无别。因而，相信尺八与中国，与一代又一代的知音者，定有不可磨灭的尘缘。

谁知石子意

我们家不养宠物，养石头。

石头不会说话，不吵不闹，不用喂食，适合贪静的我。几年了，我和这些石头朝夕相伴，只是不说话。不说话，并不是因为冷漠，也不是因为生疏，而是因为懂得。你相信吗？最好的懂得，竟是静默相对，相守。这种懂得，有时，胜过万语千言。

多年前，看过电影《入殓师》，我就一直没有忘记那个关于石头信的传说。那时候，没有文字，没有语言，各种各样的石头，被聪明的古人拿来做信物送与他人，传递着各种各样的情感，承载着无言的信赖与懂得，这种古老的交流方式多么朴素动人！从我第一次听到，我就相信这个传说是真的，一定是真的。石头不会说话，何以传言？怎么不可以呢？正因为没有语言，那时候的人们便直接用心来代替语言。其实啊，最好的沟通工具并不是语言，而是心灵。只有语言表达不尽的事宜，没有心灵抵达不了的地方，也没有心灵不能传递的情感。石头信传递的是心，而不是语言。

我想，倘若两个相爱的人，可以爱到很久很久，爱到很老很老，老到耳不能听，嘴不能说，爱到只剩下心了，这样的爱情，就是石头信一样的爱情吧——话不用说出，不用被听到，他一看她默然低眉，就知道她在想什么。她呢？一看他举头张望，就知道他在找什么。

花易凋谢，金易露俗，还是石头最贴近美好的爱情——朴素沉静，内敛而坚定。坚如磐石，说的就是石头。

铁石心肠，说的是人心，而不是石心。石头有心吗？有。走进石头的世界，你会发现，石头的心远比它的表，要美得多。你永远也想象不到，一颗静默无华的石子里，会有着怎样温润美好的心。它最美的心，是玉。再没有比石头更善于用时光来沉淀美丽的了。从石到玉，它要承受多少时光，多少蜕变，才能沉淀出如此美丽的质变？亿年？万年？我也不知道，但我知道，一定非常遥远，非常非常遥远。

美好，从来就不是一件容易的事。从一颗种子到一棵树，到一朵花，到成为风景，对于看风景的人来说，好像是天经地义的事，而对于这颗种子来说，每一天都是命运。人呢，人也一样，活着的每一天都是命运。所以，千万不要忌妒别人的美，所有的美，都有着漫长而艰难的来历，明白了这一点，你就会对别人的美和好，怀着仁慈的尊敬与爱戴了。

内里越美好的石头，越昂贵。最昂贵的石头是宝石吧？或许我天生就不适合金银珠宝，对金银细软，从来就没有什么欲望和感情，也极少佩戴首饰，戴一对小小的铂金耳钉也会让我觉得不堪重负。玉，是喜爱的，也未曾拿来佩戴。玉太美，太美的东西总让人心生敬畏。在我，玉，可以捧在掌心，可以轻抚，却不会将其佩戴。所以，我常年从头到脚，一无“饰”处。我一直固执地认为：如果一个女子不美，再多再好的珠宝来装饰也难掩那一股子俗气，如果女子本身已足够美丽，又何须珠宝来装点呢？

其实，女人亦如一枚石子。女人最美丽的地方是看不到的，是藏在血肉深处的那一颗心。

一颗温润美好的心，才是女人这一生最珍贵，最值得拥有和佩戴的那一块美玉。

谁知石子意，谁明女人心？倘若你有幸遇到一位心若美玉的女子，就不必送她珠宝了，要送，就送她坚如磐石的爱情吧。

倘若你今生送了她这样的爱情，那么请记得，来世她一定还会等你，三生石上再重逢。

陌上花开

三月，花已经开好，该启程了。

而我，我已经准备好一颗静阔的心来安顿盛大的花事，准备好一双轻盈的脚来步入花心，准备好一条执着的路去抵达春天。

三月，我不知道多情的春风要躬行多少沧海才来到我的桑田。只为这执着跋涉，我也要赴之而去，将她融入眉头，融在心上。若是爱到慈悲，这又怎么够？此去，任曲路迢迢，许我一点一点拂落尘埃，融成春天倾赐人间美好的一部分吧。

这一程，不带一缕忧伤，不带半点惆怅。我只带了一双明眸如水，带了一颗清心若无，去观照每一棵树的新新绿衣，每一朵花的悦悦欢颜。我知道，这条路只要走下去，总会遇到心中描绘和企盼的风景。谁说美只为赏心悦目，这样对美其实还是辜负。美要洗心悦心才不负天赐。

请原谅我的心。它已经被这些生长在天地间的最自然的美，最淳朴的美洗尽矫揉与造作。我的花瓶空了，不再插上折取的花枝。我的花枝在路上，在田野上，在山上，一直开到无人侵扰的远，清，静。

看啊，这些路边的村落，这村落的小屋，这小屋的院子，这小院子的角角落落，约好似的，参差着一株两株被随意栽下的春光。乡野的春光，总这般清瘦，清雅，清心，把一堵堵暗淡的墙，衬成绝句，映成老画。这春天的美啊，小美美在园中，大美却美在山野中。不知道是什么样的主人，用什么样的手，怀着什么样的爱，给路人撒下这油菜花儿黄，栽下这梨树花儿白，桃树花儿红？一路走过，一路感谢。你们，或许只想美自家的门与院，却惠及了多少路人的眼与心？

一路阅诗阅画，美到罗平。金子一样漫天漫地的油菜花儿突然辽阔在眼前，就这样，我跌入了人间最浩荡的花海，最深情的春天！

远山，还远吗？不远。你看这小小的油菜花儿啊，一夜就能开到山的那一边去。天还高吗？不高，你看这小小的油菜花儿，一夜就能开到天上去。你还远吗？不远。我顺着油菜花儿看去，心就去到你的天涯。

我听到蜜蜂在唱歌，风在唱歌，阳光在唱歌，而我是寂静的，唯有寂静才能听懂这万籁春声。

有人采下花枝做成花环戴在发上，欢笑，喧闹。我舍不得。我只想静静地坐在花前，轻轻地走进花间，凝神，无语，深爱。就是这样的，我可以倾尽心去爱，却不会对占有的欲望松开一条缝隙，我知道欲望一经打开，就会在心上沟壑纵横。真的不要，不要把任何事物占为已有。甚至，不要去拥有这个世界，这个美好的人间三月。我只是路过，能够路过，已经满怀感恩。

所以，亲爱的，我要告诉你，哪怕身居花海，我也不会贪婪的为自己摘下一朵。真的爱花，定是手上无花，发上无花，唯独心上有花。我还想告诉你，我情愿俯下身来爱，爱这人间草木的情深，爱这春花的坦荡与明媚，勇敢与无愧。这世上所有美好，都值得我爱到这般固执。我要爱就要爱到最美，最好，最深，最辽阔，最无私，否则只字羞提。爱一朵花如此，爱一个人，定也如此。记住啊，心上的每一点自私与自利，都会成为脚上的枷锁。戴着枷锁行走，如何抵达远方？抵达春天，抵达爱，抵达幸福？

人在花中，它们的美，让我谦卑。所有的花，都是坦荡的，高贵的。草木无自心，它们生来就不会计较，不会攀比，因而无论是生在深山还是田野，沟渠还是墙根，天边还是眼前，它们的每一朵花都会尽情敞开胸怀，拥抱春天，绽放出它们所有的美好。倘若我们所有人，一人似一花，都能敞开胸怀，绽放美好，我们的人间，该是怎样的人间！想到此，我不禁低低地俯下身去，在一朵花儿面前，除了爱，我不能忘记谦卑和尊敬。

再美的相逢也终有别去的一刻。我不忧伤，我知时光匆匆，美好却可以永远在心上。

谢谢啊，三月的罗平，三月的油菜花，让我途经了你们的盛放！我就要归去，不说再见。我知道三月春风还在吹，花在开，花在落，一刻不曾停留。我知道我身后，这金花明媚的海，不论多么浩荡，多么辽阔，一定会在风中一一凋零。可凋零，不也是美的一部分吗？否则，若花一开就要占尽时光，明年春天的花，要往哪儿开呢？

一个人离去，下一个人再来他活过的尘世里活。一朵花落去，下一朵再来它开过的枝头绽放。这世上，还有比这样的轮回更公平更美好更安妥的吗？

无须再说，我已然明白。明白了花儿一样美好的活着。美好地活着，并不为得到多少，拥有多少，只为在天与地的深爱里，把心中的那朵花儿开到最美。

开到最美，然后凋零，无所畏惧。

一个寂静的黄昏

如果每一天，都有一小段时光，以自己喜欢的方式静静贴近自己，这一天，就算没有枉然虚度了。

这么想的彼时，天正黄昏。我沿着湖边的栏杆小路，在一树又一树的紫薇花和紫荆花树下漫步。晚风扬起我的蓝裙子，也吹着落花飞舞。落花飞舞，最后轻轻栖息于湖边的冬青树上、草坪上。你见过的落红，也许萧瑟寂寞，但我此刻，没觉得它们寂寞。它们不寂寞，只是寂静，温柔，无声。寂寞和寂静，意蕴隔着山千重。寂寞的寂里是幽幽落寞，寂静的寂里，是寂寂安然。我亦是寂静的。但愿永远是这般寂静。念或想，全似这草坪上的落花——温柔，无声，安然。

向晚的天空，从黄昏漫向夜晚的这一段时光，你注意过了吗？这时候的天空最美，最蓝，最干净，像一面映照湖光与海洋的镜子，蓝得那样纯粹，没有一丝杂质。多少个黄昏，我怀着不可言说的无措与慌乱，于一扇窗内遥望它的蓝，从那辽阔的宁静和纯净里，给自己寻一个合理的答案，一个可以让欠安的心灵重新稳妥向前的答案。我不习惯与人诉说内心的慌乱，因别人不是你，没有你的经历，又怎么能给你一个恰好适合你的答案？这世上与你再好再亲的人，也不会比你更懂得你自己。我通常就是这样：有时借助于这些仁慈而慰藉的音乐，来沉静潮水般涌起的纷乱，我只是静静靠坐在大藤椅里，闭上眼，什么也不做，只是聆听，若有眼泪落下来，那就是我借着音乐，又在微光亮起的角落里，找到了自己；更多的时候，我是像现在这样，一个人漫步于向晚的天空下。向草木，向水，向风，向一切简单而美好的自然，找到那个安妥的去路。谁又能时刻携着一颗明静的心行走于纷乱的时光？我亦不能。但我心里有这样一面镜子，像一面映照湖光与海洋的镜子，我用来映照自己，免于心灵蒙尘而不自知。多难红尘，我脸上亦有沧桑泪痕。可是，可是，哪怕眼角噙泪，哪怕时光予我纷乱交错，我从来也不想妥协，不想失守心底的那一片纯蓝。怎么能失守呢？容颜可以苍老，心却不能残败，我要它带着星光，月光，带着那小心收藏的，一直走到尽头。

我又走过湖边那两棵黄蚕花，走过那两簇枝蔓交结攀爬的炮仗花。炮仗花上，正停着一只白蝴蝶。许是它对花儿太专注，竟没注意到轻轻走近它身边的我。天啊，我还从来没有这么近的靠近过一只花上的蝴蝶。我不想惊吓它，连呼吸都放轻了，放慢了。嗯，我看到了，我看到了一只蝴蝶是怎样和一朵花儿度过它们的美好时光的。原来只是那么简单，蝴蝶只是用两只细细的“前脚”来回轻柔的划抚着它归依的花瓣，无以复加的轻柔。如果那是它们独懂的言语，那一定也是这世上最轻柔的言语了，像心与心的对话，无声的，却那么动人。迷恋这人间草木，大概就是因为草木间的生命与交集，所呈现的，总是最简单最美好的姿态吧。只是那么一会，蝴蝶完成了爱的旅程，它又飞走了。一切似乎又回归了原样——风寂静，花寂静，花边的人也寂静。然，终究是不一样了的。因为曾有那蝴蝶栖落，让这朵花在凋落前，有了一个可以珍藏的故事。是的，不管是对于花，还是蝴蝶，它们都不可能再重逢了。它们短暂的生命，只许得一次相遇，再没有重逢可等。但我知道，对于这朵花来说，它于千千万万朵中，得到过一只蝴蝶的青睐，这一季，就算没有白开。凡尘男女，也应是如此吧？倘若这一生，能遇到一个让你甘心深深爱着的人，哪怕只是遇到，也不算枉来这世上一遭吧？

我从湖的这一头走到湖的那一头，又从湖的那一头走回这一头。赏完花，脚也累了。我静靠在湖边半圆的围栏里，赤着脚，看湖面上燕子斜飞，蜻蜓点水。远天的蓝渐深，星星在闪，一颗，两颗，三颗……夜色轻轻滑落了，漫过我的双肩。风，扬起我的蓝裙子往身后飞，身后的紫薇已收起它的满树繁华，隐得那样静，那样深。我亦是寂静的。在这寂静里，忽然想起那首非常喜爱的，聂鲁达的诗——

> 你就像黑夜，拥有寂静与群星。
>
> 你的沉默就是星星的沉默，遥远而明亮……

苍　耳

如果茫然四顾，也见不到想念的人，不必忧伤，有些人，是属于心灵的。

一

深秋的街头，风吹叶落的黄昏，总是轻易搅起清愁。我站在深秋的街头。一位推车卖水果的大姐迎面走来。无意一瞥，我看到成堆摆放的葡萄，苹果和雪梨中间，缀着几个果皮鲜红的石榴，有的已经裂开果皮，露出里面晶莹的果粒。

“哦，石榴……”我几乎是下意识地伸出手去。我离开小镇已经二十年。每每见到石榴，一颗心，依然会在刹那间暖暖地疼。

“这是我们自己家种的石榴，吃不完，搭着别的水果一起卖，刚摘的，妹子要吧？”我笑着点头，把它们一个一个小心装了袋子。

我想起良宇哥院子里的那棵石榴。想小镇。想良宇哥……

我不想直径回去了。拐了另一条路去江边。此刻，唯有那儿的晚风，远山，渔火，月下的江水微澜才能融合一颗云涌着旧时光的心。

我不知道，是不是每个人心里都会藏着那么一个地方，一个人。它让你用一辈子去离开，但不管你走去多远，离开多久，你能带走的，不过是你的双眼，你的双脚。在一程又一程的路上，你可以融入新的风景，遇见新的人，却终不能够，放下那个地方，那个人。

挨着江边的栏杆，轻轻剥开一颗石榴，未及品出当年的味道，喉头便骤然哽出一汪柔软的眼泪。这泪，与忧伤无关。有时候，时光可以承载日积夜累的思念，眼泪却承不住刹那间的哀愁。哀愁，是因为怀念的那些时光太好。

有些时光，因为太好，日后总让人不忍去翻启。然，某一刻你不经意低头轻叩，它们又仿佛只是在昨天。

那时，记得每年秋天，我们吃得最多的水果就是石榴。在我们南方小镇，几乎每个飘着烟火的院子里，都会有一棵石榴。良宇哥院子里的那棵石榴，秋天里结的果又多又甜。每天放了学，良宇哥会给我和良婧摘石榴。每一回，他总会不动声色地把大的那一个送到我手上。每每惹得良婧抗议——哥哥偏爱哦，总给念念挑大的。

是的，我的童年，我的少女时光，都是在良婧家的小院子里度过的。我家和良婧家隔着屋檐，门对门。良宇是良婧的哥哥。我没有哥哥，也没有姐姐妹妹，我只有母亲，母亲也只有我。素日里，有良宇哥哥和良婧相伴，我并不感到孤单。

倘若那时有人问我，世上最好的哥哥是怎样的，我会说，是良宇哥哥那样的。现在呢？如果有人问我，世上最好的男人是怎样的，我还是会说，是良宇哥哥那样的。

人生最快乐的时光，常常只和一个人有关。那些有良宇哥疼惜的少年时光，是我这一生暂不识离散、不知忧愁的快乐时光。我曾经想问良宇哥，他那样疼惜我，是因为我是一个没有爸爸庇护的可怜虫吗？但我从来没有机会问。等到后来，也就不会再问了。

春来，院子里该种新花了。良宇哥会问我，念念喜欢什么花？

我说："栀子花，茉莉，蔷薇……"良宇哥熟练地把旧土翻晒，又培上新土，种上栀子花、茉莉和蔷薇。那样，到了来年春天，我们坐在院子里，风一动，花香轻溢，仿佛说出的每一句话，都会带着绵绵的花香。

八岁那年，我和良婧听良宇哥讲故事，讲到人鱼公主变成泡沫飞上天，我泪眼汪汪地抽泣起来："人鱼公主变成泡沫，会疼吗？"

良宇哥看着我，那样温和地看着我："会疼，可是人鱼公主很勇敢，疼也不会哭……"他伸出手，把我脸上淌落的泪珠轻轻擦去了。

十四岁那年，良宇哥带我和良婧去看戏。回来的路上，突然起风，天很黑。人群中，不知是谁恶作剧地尖叫一声，大家顷刻慌乱了。慌乱中，我重重跌了一跤，把下巴磕破了，血滴落在衣胸，又湿又黏。良宇哥把自己衣服的一只袖子用力扯下，让我捂住伤口。蹲下身，二话不说，把我背起来就走……

十七岁的良宇哥，并不高大。他背着十四岁的我，负载该多么沉重？良宇哥的脖颈上都是汗。在那样的夜晚，我第一次闻到一个男子浓浓的汗味，也第一次听到一个男子那样急促有力的心跳声。在镇卫生所里清洗了伤口，上好药，疲惫的良宇哥看上去，突然那么忧伤。

"念念，疼吗？"他看着我，眼泪几乎要掉下来。

"刚才有点疼，现在不疼了，真的不疼了。"也许是某一种我尚未明了的幸福溢满我的心田，我甚至，对着良宇哥笑了起来。

十五岁那年，我生了一场病，病了好久。医生说是我体质偏寒，太难排汗所致。用新鲜苍耳煎水服用，可以慢慢改善。从此，找新鲜苍耳的工作又被良宇哥包揽了。后来，良宇哥干脆把院子里的花挖起来，种了苍耳。

院子里没有了栀子花、没有了茉莉花，苍耳散发着隐隐的苦青味。良宇哥端着小碗，躬着身，细细摘捡长好的苍耳子。我坐在石榴树下，看着他清瘦儒雅的脊背，十五岁的我，心里莫名涌起一股水一样甘甜的柔情。

我突然，那么渴望能和良宇哥永远像那样待在一起，在这个小院子里，一天也不要离开。

“良宇哥……”我的轻唤里，因为涌起的依恋，忽然有了淡淡的忧伤。

良宇哥回头，只是温和地一笑。他笑起来，总是那样。像阳光洒落在春草上，那么清新，那么温暖，那么让我喜欢。

唉，良宇哥又怎么会知道我心里悄然绽开的，那一朵小小的风花？

“念念，你知道吗？苍耳，还有一个好听的名字——卷葹。”

“哦，卷葹……”

“你知道吗？卷葹，拔了心也不死。多么顽强啊。”

“哦，拔了心也不死……”

“相信良宇哥，你的病很快会好起来的。”

我不语，抬头看天。小镇的天，蓝得那么惆怅。

如果病一直不好，良宇哥会一直在这儿给我摘苍耳吗？

二

隔年，我的病终于渐渐好了。院子里的苍耳却一直在那儿开花结果。良宇哥一直舍不得除。

我和良婧上高中。良宇哥也离开小镇去读师范院校了。小院子里，因为少了良宇哥而多出许多空落。当然，期间依然会有花儿绽放一样的幸福时光。那是我和良婧收到良宇哥来信的时候。那些信，浸染良宇哥风洒飘逸的笔墨，向我打开了一个辽阔而美好的精神世界。良宇哥读的书真多，不知道比我和良婧要多出多少倍。从他那儿说出的话，总那么契合人的心。

那时，我喜欢捧着那些信，一个人坐在开满雏菊花的小河边，和着潺潺的水声把它们轻轻诵读。也喜欢搁在夜晚的枕旁，一盏台灯下，一遍又一遍翻阅。

那些信里，良宇哥从未同我说过儿女情长的只言片语，我却一直认为，良宇哥喜欢我是理所当然的，就像我喜欢他那样理所当然，理所当然得，不必开口说出来。倘若喜欢了一个人，便是这样吧，他对你的每一点好，都会让你不由自主地当成他喜欢自己的砝码。

因为喜欢，我渴望成为良宇哥那样的人。良宇哥读过的书，我都想读，良宇哥去读师范，我也要考师范，毕业后，回同一所学校教书。然后，天长地久地在一起。

啊，请原谅一个情窦初开的少女，早熟的爱的情衷吧。

其实，在最美好的年华里，遇到一个可以给你激励给你鼓舞给你方向的人，让你一心想成为一个优秀的人，是多么重要！对于我，良宇哥就是那样的人。我甚至想，或许我生来，就是为了良宇哥而来的。

良宇哥毕业后婉拒学校让他留校的好意，他回到他热爱的小镇，成了一名他理想中的中学老师。

我跟良宇哥说，我也要考他当年的大学，和他一样，当一名老师。

在良宇哥的默然期许和一如既往的关爱里，我仿佛已经触摸到摆在我面前的，我渴望拥有的那一种幸福。

妈妈常看着我幽叹：瓜子脸的女孩生得漂亮，只是没什么福气啊。可怜的妈妈，她对我，竟是一语成谶。

我永远忘不了那一天。

那一天，良宇哥手里牵着一个姑娘的手，把她带回家。那是我未曾见过，良宇哥也从未跟我和良婧提起过的姑娘。她长得真好看，站在俊朗文雅的良宇哥身旁，是那么契合。

“念念，这是云秀姐姐，以后，就是你和良婧的嫂子了。”良宇哥又说什么话，我已经听不到了。

脑子里，只有轰轰的、空荡荡的回声。我的脚跟发软，浑身虚冷，我不知道自己是怎样从良宇哥家的小院子里走回来的。

我呜咽着翻开良宇哥从前写的信，却不知道要从哪一封哪一段读起。那一刻，我才感觉到自己是一个真正的孤儿。

难道良宇哥，从来只是把我当妹妹，从来就没有，没有像喜欢一个女子那样喜欢过我吗？

那天，我抱着良宇哥几年来给我写的信，一个人来到河边。那开满雏菊花的河边，曾留下我多少天真美好的梦想啊！

我流着泪，想把良宇哥那些信叠成小船，把它们放逐到河中。可是，这些激励我走过青春岁月的信，都是良宇哥一字一句写出来的，我又怎么舍得？

就那样，我对着空阔的原野，茫然无助地放声大哭。

这突然断裂的人生，除了痛哭，我已经没有别的缓冲方式。

天渐渐暗了，下起雨来。但我不想回家，我不想看到任何人。

悲伤，饥饿，加上淋雨，我开始发烧，浑身疼痛。我甚至以为我会永远跌落在那河边，再也走不回人间。可是，良婧来了，良宇哥也来了。是的，是良婧，她知道我喜欢来这河边发呆。

“念念……”

哦，是良宇哥在叫我吗？

是的，是良宇哥，他手中的伞，已经擎在我的头顶。而那时，我心里的疼，最疼的那一刻已经过去。

我懂得良宇哥，但凡他做的事，一定不会错的。我相信良宇哥一定有他自己的苦衷。

“良宇哥，对不起，念念不是故意的。”我抬起头，努力想对良宇哥挤出一抹微笑，却怎样也抑制不住眼中的泪水。我其实，我其实真不想让良宇哥看到我的忧伤和难过。

“傻丫头，你存心想让良宇哥心疼吗？”良宇哥用手探了探我的额头，泪水滑落过他苍白的脸庞。

我摊开手掌，掌中是几颗已经被我握得温热的苍耳。我发着高烧，烧得没有一丝力气。

良宇哥把伞递给良婧，什么也没说。就像当年那样，他背起我就走，在细密的雨中，我们三个人默默地走了回去。

“良宇哥……卷葹，拔了心也不死……”我喃喃自语，无声的眼泪淌落在良宇哥的背上。

三

后来，是良婧跟我说了云秀。

云秀是良宇哥学校里同年级的老师，对良宇哥，她一直像我一样，默默喜欢。若不是深爱在心，云秀又怎么能在那样危急的关头，毫不犹豫地为良宇哥做那样的事呢？

她是拿命来爱良宇哥的。

在同组外出学习的途中，一辆迎面驶来的车，下坡失控。就在撞上他们小车的那一刹，云秀用自己的身体挡住了副座上的良宇哥。因为云秀，良宇哥没受什么伤。云秀的一边手臂却受了重创，虽然没有切除，过后看起来仍和常人没什么两样，但那只右手，却再也拎不起一点东西，甚至，她再也握不住一支写字的粉笔。

可云秀，还是个没有出嫁的姑娘啊。

良宇哥跟云秀说，他要照顾她一辈子，如果云秀不肯嫁他，他这辈子再不会娶任何女人为妻。因为是良宇哥，所以，一定会那样做的。

后来？后来当然没有电影里惯常上演的那些情节了。

后来的一切都很平常。

人生哪有那么多纠结与曲折呢。生活的原义本就这样朴素——缘分定了，宿命定了，日子也就进入了生活应有的简单与平常了。

那一年，良宇哥和云秀结婚后，像所有幸福的婚姻一样，他们的日子过得温暖安实。我想，无论是什么样的女人，嫁给良宇哥这样的男人，一生都会过得很幸福的。

云秀是个好女人。一个可以拿命来爱的女人，这世上能有几个？

只要良宇哥和云秀是幸福的，我又有什么可幽怨的呢？

我总是努力记住这一点——只要良宇哥一直是幸福的，就是最好的。不管这幸福是谁给他。

良宇哥院子里的苍耳一直都那样繁茂。

我曾跟云秀说，如果觉得苍耳不好看，她可以挖起来种别的花。

云秀说不能除，因为良宇哥说这些苍耳还可以止她时常复发的手痛，他喜欢，就留着它们吧。

我和云秀相视一笑，各自的温柔在心底漫开。

那一年，我也考上了良宇哥从前就读的师范，离开了小镇。

良宇哥用自行车驮着我的行李，一直把我送到火车站。

他只说：念念，你就安心读你的书吧，别惦记妈妈，良宇哥和云秀会照顾好妈妈的。

我拼命点头，想说什么，却始终说不出来。

毕业后，我应聘了省城一所私立学校，把母亲接到身边。从此，再也没回过小镇。是的，我不想良宇哥为我担忧，不想他担忧我一直都没有把自己嫁出去。

第一次离开小镇，是良宇哥送我。最后一次离开，还是良宇哥送我。

黄昏的路上，静静的斜阳，把影子拉得好长。

良宇哥漫不经心地说起小时候的事，我便一路轻轻地笑。

轻轻地笑，其实是不想让离别的泪沾染脸颊。

“还记得吗？那时你哭着问：人鱼公主变成泡沫，会疼吗……那样子，真是傻得让人心疼啊。”

“哥哥说，会疼，可是人鱼公主很勇敢，疼也不会哭。”

顿了顿，良宇哥笑着看我：“那时候，就在心里想，我要用一生来疼爱这个傻孩子，要等她长大，一辈子守护她……现在念念长大了，良宇哥放心了。”

“嗯，念念长大了，会照顾自己了。”

眼泪还是落下来了。良宇哥的，我的。只是，我们都假装看不见。

静静的斜阳，把影子拉得好长，好长。

到了火车站。良宇哥突然从大衣袋里掏出一封信递到我手上，封口是开的，里面是一张相片。我少女时候的一张旧照。

“相片，还给念念吧，哥哥已经把念念放在这儿……”良宇哥用手拍着自己的胸口。

“嗯……”我微笑点头。

翻开相片的背面，一行已经泛黄的熟悉的小字跃入眼帘：我的小人鱼公主，我的念念。

“念念，记得找个好男人，帮哥哥来照顾你啊。”

“嗯……”

四

那是我最后一次和良宇哥在一起。那一次离开之后，我就再没有回过小镇。

我是答应过良宇哥的，答应找个好男人来帮他照顾我。

只是，这么多年过去，我一直没有再遇到为我种苍耳的男人。我想，这一辈子我都不会再遇到了。

世上只有一个良宇哥，而我，只有一颗心。

我并没有刻意要一个人生活，只是，我再也爱不起别的人。

妈妈走后，我来了现在的小镇。离良宇哥越来越远了。在这儿没人知道我是谁。

其实，一个人生活也挺好。我习惯了一个人来来去去，看山看云。并不觉得寂寞。

我并不觉得寂寞。良宇哥从前的信我一直带在身边。依然常读。也写，只是从来不寄。

我还写了很多温暖的故事，所有的结局都是圆满。因为这些故事，人们开始关注一个笔名叫苍耳的作家。可从来没有一个人知道，这个叫苍耳的作家，她到底是谁。

我信命。这一生，爱或不爱都是宿命。

我从来没有对良宇哥说过一个爱字。

却一直无法再爱别的男人。

我想，我的前世一定是良宇哥栽种的一株苍耳。

拔了心也不死。

在水一方

每个女子，都应该向这滔滔尘世寻讨一片自己的水。

我相信，物与人皆如是，近什么，便熏陶出什么样的性情来。梅，浴雪寒才香彻骨；兰，居深山才雅沁魂。女子呢，女子本就应该是水做的宝贝呢，要近水，才柔，才润，才软，才善，才宁，才静，才眉清目秀。

“蒹葭苍苍，白露为霜。所谓伊人，在水一方……”你看，从《诗经》里走出来的那位最初的佳人，那位千百年来一直让我们念念不忘的佳人，也是居于清清的绿水边呢。

美人隔云端，总教人望眼欲穿。佳人呢？佳人就隔一湾幽幽碧水，不垢俗尘，也不远人间。

就像《边城》里的翠翠离不开她茶峒的那条清溪一样，我亦离不开我的了。

其实，我并没有翠翠那样一条美丽的山溪，也没有渡船，更没有一叶轻舟，随时解缆飘过万重山。不是每个人都可以拥有那样奢侈的美丽啊。我只有一面小小的湖，小得只需要二十分钟就能绕着她漫走一圈。她不傍山，也不隔天涯与云烟，它就在我小城的中心。朝朝暮暮，她和我一样安静地生活在这座小城，看着来去匆匆的小城人，默不作声。说她是湖，还真是高攀了湖的门楣，它不仅小，而且没有山间湖涧的那种神韵与仙气。没有山的依托，没有仙的印迹，怎么能算是湖呢？

然，儿不嫌母丑，小城的人，比如我，也不会嫌弃小城的水不够美，有的，只是感恩与怜爱。也许你我都这样吧，和一个人或一样东西相处久了，慢慢地，就会长出另一颗心来，成为你一呼一吸间不可或缺的一部分。现在，小城的湖和湖畔的花草就是我在小城的另一颗心。

天下无尽江湖，唯有她是挨我最近，待我最亲的那一个啊。别处的，湖光山色再美，但她不在我的路上，我触手不可及，触目不可望，再美亦是枉然。

小湖虽小，也是一方绿水呢。水中也有闲鱼游，水上也有燕子飞。微风吹来，也有柔波粼粼，杨柳依依，还有闻不尽的花香盈袖。湖畔多的是花，一树一树的花，像湖的绣花裙。六月紫薇刚尽又到黄槐，那几十棵花荫垂湖的紫荆花呀，更是日日开出一树新花来倾入湖心，我心。当然，还有四季桂，木槿，七里香，木棉……不数了，教我怎么能数得清呢？我有时觉得，这一面小湖和小湖滋养的这些草木，都是来这人间渡我的，渡我的苦、我的忧，也渡我的喜、我的乐。若哪一天不能绕着湖走上一圈两圈，不能从她的花荫下穿过一回两回，不能倚着她的栏杆看鱼儿游，看燕子飞，仿佛我的那一天，就成了找不到枝头的鸟儿，那收不拢的翅膀。

慈慧的佛，拈一朵花微笑便可拂落心上的尘埃。可我，只是凡尘里的一介平凡女子，没有佛的空灵与境界，就算能堪破这人世的悲欢，也依然不能成全，不能轻易放下。所以，我不能只有一枝花，我还需要一片水，用来洗尘，用来展眉，用来安抚内心的喧嚣与浮躁，用来守望自己的心，用来等待自己的魂。并且，在这躁气冲天的滔滔红尘里，我还得借水的宽容，水的良善，来淘洗出清凉的慰藉。

于我，走近水，就像僧人走进他的经书。身上不带手机，只带着一颗心。与水的清寂应和，水有多寂，我就有多静，连脚步都是轻的、慢的，舍不得发出声响。偶尔，一时排解不去的苦闷与忧伤，也会让我倚在湖畔的栏杆像倚着一个宽容的肩膀，默默流泪。我不大习惯与人诉说忧伤，是的，我也不喜欢。花的忧伤，水的忧伤，山的忧伤，天空的忧伤又该找谁说去呢？说了又能如何？自己的结终须自己来解的。所以，在这个世界上，一定很少很少有人听我说悲诉怨，或者根本就没有一个人，可以听我说出它们。我喜欢像养花种草一样在自己的身体里养着自己的悲伤与烦忧。有阳光时，就将身体搬出去晒太阳，像晒一盆花草，晒着晒着，叶就舒展了。没有阳光呢？总有风吧？那就搬出去吹风，吹着吹着，枝干就强劲了。有雨就更好了，搬出去浇一场透心雨吧，浇着浇着，就发出透明的新芽了。就这么静静地养着，等四季悄无声息过去，晒的日头多了，吹的风雨多了，一低头，才发现它们已然在心里开出了花，像开着一朵美丽的秘密，这种挣破苦难开出的美丽，除了你自己，没有任何人可以给你的。

悲不愿说，那喜呢？喜亦不能说。我也不习惯与人分享自己的欢喜与幸福。因我明白，每个人的幸福其实无法分给别人，又何谈分享呢？我害怕我此时的欢喜与幸福正好是你此生或此时的遗憾与忧戚啊，若你正伤心，我却喜滋滋将幸福说与你听，岂不是太无情了吗？

所以，我只说我对这尘世的悲悯，对这无常人间的接受，以及，与这一山一水一草一木共一个世界共一种活着的心情。没有谁可以在天上放牧白云，我们和所有的草木一样，都要在尘世栉风沐雨。不要相信只见欢喜不闻悲鸣的人生，也不要相信一无所有徒剩悲凉的人生。

正因为人生自古多哀愁，我们才需要水的涤荡和放逐，宽宥与救赎啊。你还记得这首诗吗：

千山鸟飞绝，万径人踪灭。

孤舟蓑笠翁，独钓寒江雪。

很久很久以前，这位写诗的先人，从长安被贬到了永州。那个荒凉破败的永州，一定正如他初到时的心境，除了凄凉，再无佳物。那条寒江的水，也不知道被他默默流连和静坐了多少回，才让他又清朗朗地淘洗出一种独钓寒江雪的胸怀与气概来。活着，总有些苦难和委屈，是不得不受的，既然如此，还不如先接受下来再安心去干点别的。这位先人，果真就是这样的，他接受了他的苦难和委屈，转身就去干自己喜欢的事去了。因而，今天的我们才有幸在思想文化领域里去感受这种独钓寒江雪的辽阔与气韵。

还有这一首，你一定也不陌生：

夜饮东坡醒复醉，归来仿佛三更。家童鼻息已雷鸣。敲门都不应，倚杖听江声。

长恨此身非我有，何时忘却营营？夜阑风静縠纹平。小舟从此逝，江海寄余生。

东坡先生，也是在受尽苦难和委屈之后，把余生寄予江海。小舟从此逝，这小舟，能装载多少忧伤的往事呢？不如都忘了吧。很多忧伤原也不过是权与利的明争与暗斗，争来了，斗来了又得担惊受怕，怕有一天又失去，没完没了，真是无聊。忘却营营，去哪儿好呢？逐水而居吧，水不只能滋养生命，更能洗尘，能清心啊！他上了小舟，顺着江海顺着水去了，从此天是一个人的天，地是一个人的地，江海是一个人的江海，要多逍遥有多逍遥，要多自在有多自在。是的，水一流而去，从来不会回头，或许也没有记忆，所以居于水中的鱼儿，才如此健忘。不得不相信，有一种自在，属于遗忘。像水遗忘曲折的来路，一直向前，向前。

女子，多愁的女子，善感的女子，温柔的女子，更应该向这滔滔尘世寻讨一片自己的水。缺少了水性的女子，怎能绕过遍布红尘的硬生生的魔障？我是找着了，这面小湖，暂且就算是我的吧，我的紫荆湖。

也总记得，《廊桥遗梦》里自称最后牛仔的罗伯特在最后的一封信里对佛朗西斯卡说："我的许多作品都是围绕着皮吉特海湾。我喜欢这样。似乎人老了就转向水。"那时的罗伯特该有六十岁了。可我比他当年的六十岁还隔着曲折的山路十八弯呢，还要跋涉很长很远的路啊。可是，也幸好我还没老。还没老便转向了水，洞悉了水的秘密，如同洞悉那位千古佳人的秘密。因为洞悉，彼此相视一笑，就很美好。

"蒹葭苍苍，白露为霜。所谓伊人，在水一方。"千百年来，这水一方从未干涸，而今，我又站在她的岸边。我不知道诗经里的那位伊人在水边会想些什么，做些什么。我嘛，我想用她的清清碧水，浇灌身体里的慈悲，一朵，又一朵慈悲。

把好还给好

常常会忘记时间，尤其近两年，忘得厉害。我能长久记住漫漫时光里那些细微的人和事，却常常会忘记一个具体的时间。我的时间，它只在我的日子里，不在钟表上，也不在日历上。

总觉得，当内心能够按照它自己的秩序安然运行，日与夜的交替就会被忽略掉，也就不会那么在意今夕是何夕了。

立秋，看到朋友在空间发说说，才知道日子过着过着，已到立秋。之所以记住那一天，不只是因为特别喜欢这个季节，还因为，那一天的天空，竟被秋风吹得那么干净、那么淡、那么高、那么远。那一天，从早上出门到日暮归家，走在路上，总是忍不住停下脚步，在原地转圈，从不同的方向望向天空。多么干净啊，整个天空，连发丝一样细的云絮也找不到。那种干净，宁静而安详，仿佛天空消失了一般。

假如那一天，你也同我一样，在你的路上，不止一次地驻足、遥望，也为那样一种辽阔的干净感动得想哭，那么，在这世上，你便是那一枚与我相似的叶子了。

我对自己，有时也会有这样的感觉——很淡很远，仿佛消失了一般。

是从什么时候开始呢？对人对事，都不再有热切的期盼和欲望了，也没有什么是我想致力拥有的了。有的，只是水一样温柔绵软的喜欢，纯粹而安然。感谢时光对我的恩宠，把一颗尘心洗到这么清，这么淡。淡得，仿佛我自己已从人群里消失。而这消失，又成就了另一种更辽阔的存在。

梅子说：“一个真正拥有自己精神领地的人，无所谓春夏秋冬，无所谓天涯海角。其实，这样的人，心如明镜。难过了，没有人安慰得了，开心了，也没有人损毁得了。一个人，即是一个圆满的世界。”是的，我要说的，也正是这样一种存在—— 有时候，一个人，即是一个圆满的世界。

在我的小城，仿佛从来没有看到过这么干净辽远的天空。因为干净，它看起来真的很淡，因为淡，它看起来真的很远。原来，这样淡到近乎消失的天空，也能让人欢喜到落泪。这样说，你会觉得不可理喻吗？其实，因为我们每个人对人生的认知和取向不同，分到的美好和欢喜也会不一样。我分到了最辽阔的天空，也分到了最细微的风，草叶，露珠、花朵和雨滴……你呢，你分到了什么？

站在那样淡远的天空下，忽然想起一位居于山中的朋友。山上的天空，一定更淡更远更高吧？

在我的想象里，山居岁月，是“拂不散满衣云气”，是足沾清露，是眼映绿荫、耳聆鸟啼，是一盏清茶伴素简，一窗月色照人眠。那样的尘与世，一定轻如晚风，如鸟儿飞翔的羽翼吧？想到这儿，自己忍不住笑了。若友人读到这些被我臆想出来的情境与画面，一定也是要笑的。因为，太不人间了。

山间亦是人间。所有的路，都需要努力行走的。你想要清茶伴素简，你想要一窗月色照人眠，你想要轻若晚风的尘与世，也需要努力修行，方能得到一颗和这些美好相匹配的心。静好的岁月，是凭一颗静好又勇敢的心去换取的。当你真正明白自己最想要什么，并勇敢地往自己想去的方向去时，你方能说，你的这一生，你没有辜负。我的朋友是幸福的，因为他已走在自己想走的路上。而我，除了敬重，还有深深的祝福。

那天，看了桥写的《禅修》，仿佛嗅到了经书翻动时传来的脉脉幽香。读后，我在日志下留言："心怀善与爱，善到足够温柔的对待这个世界，这个世界也会温柔地对待你。最好的禅，一定不是教人看透，而是教人善透，爱透。"良善与温厚之爱就是我心中最好的禅。禅不是力，不是强大，而是柔软，是悲悯，是感恩，若水。再锋利的刀，也切不断水，再沉重的沧桑，也击不碎一颗柔软似水的心。

友说，20 岁那年买得起 10 岁那年买不起的玩具，又有什么意义呢？人生就是这样，错过了就再也回不来了。

是的，错过了就再也回不来了。错过的东西，我从不会回头张望，这一生做得最好的，就是这个。所以，活到现在，仿佛也没有受过伤，仿佛还是那一颗最初的心。

我活着，不是为了抱怨，而是为了报恩，为了珍惜我分到的一点一滴。

因为我知道，我本来一无所有，连生命也是父母给的。温暖的友情，是朋友给的；美好的爱情，是爱的人给的；天伦之乐，是孩子给的；悲欢离合，是生活给的；春夏秋冬，是自然给的……我还知道，因为我是那样的我，才会分到独属于我的这一切，如此契合。对我来说，它们各有各的来意，也各有各的好，除了感恩与珍惜，还应怎样呢？

我想，还应把好还给好吧。从这人间恩受的种种好，都应倾尽心中之好，努力还回去，让每一种好又衍生出另一种好来。

那么，就这样吧。

旗袍往事

许多年没有穿过旗袍了。我最后一件旗袍，是生了儿子两年之后做的，水粉花的雪纺布，安静清淡的颜色。那时，产后的身形也大至恢复，但小腹还是不肯平扁如初，每次穿这件旗袍，都得穿收腹裤，束得实在难受，穿过几次之后还是放弃了。从此，衣柜里就不再挂有旗袍的丽影。曾经钟爱的旗袍，就像花样年华里的旖旎往事，渐渐淡出时日。

小时候，看过的老片里，就有很经典的旗袍女子，《上海滩》里的赵雅芝，《京华春梦》里的汪明荃，《上海一家人》里的李羚，都是我非常喜爱的，她们在荧屏上穿旗袍，梳长辫，抿嘴巧笑的模样，对当时的我来说，真是倾国倾城。是从《上海滩》开始吧，好长一段时期，我偏爱看演绎民国风情的影视剧，喜欢看里面的女子穿着各色旗袍，如遗世兰花，演尽女人的娉婷与秀惠，对旗袍的钟爱情结，从此在心里盘桓。

读书时代，因为经济尚未独立，当然是不可能穿旗袍这样的“奢侈品”的。我做旗袍最多的，是刚刚参加工作的那两年。那时候身形还修长，肩宽背直，常年一头探腰的长发，穿上旗袍，一条粗长的麻花辫垂过左肩，还是有些幽然的味道。于是在裁缝店做了好多旗袍，有素净的月牙白，古典的方格子，清新的湖水兰，雪白的棉质花边布，清雅的蓝底小白花……那两年做的旗袍竟不下十件，它们在我的小衣柜里独领风骚。

最难忘的一次，是和闺密好友，两人同时做了同一花色，同一款式的一模一样的旗袍，一致的长到脚踝。那时我们亲到两人特意穿着这一模一样的旗袍，肩并着肩，在大街上款款穿行，在别人的惊奇里骄傲欣喜着别样的青春。一次，我陪她去赴约，两人特意穿着相同的那一件旗袍去，刚刚坐下，对方便意味深长看着她说："你以为穿了同一件衣服就会变成同一个人吗？"印象里也是从那一次开始，我们再也没有一起穿过那件旗袍。

初次恋爱时，他很喜欢我穿旗袍的样子，每次我穿上旗袍，他总会忽悠我：你穿旗袍很好看。

和孩子他爸风花雪月的时候，也曾问他，你是从什么时候开始喜欢上我的？他想了想，讨好地说，有一次他坐在街边擦鞋，我正好路过，穿着那件雪白的棉质花边布旗袍，让他一见倾心。缘分真是奇妙，后来我们竟然真的做起了烟火夫妻。

在所有穿过的旗袍里，我最喜爱的还是那件清雅的蓝底小白花，那也是我穿得最多、最久的一件旗袍。那种蓝底白花，穿在我身上，就像灵与魂那样和谐。做了母亲之后的头两年，还不算胖的我还曾拿着它到裁缝那儿把腰线放宽，想让它重放光彩。只可惜，改过之后，穿在身上就没有了原来的味道。决定让它彻底退役之前，我还特地穿着已不大合身的它照了一组照片，那组照片如今也成了我最喜爱的系列之一。

至今，我依然认为，旗袍是女人最美的服饰，但也是最难穿的，旗袍对主人的那份苛求和讲究，使它不能像其他衣裙那样适合于大众，太瘦太胖都不易穿好，买现成的，往往没有灵魂，非得量体裁制。有一阵子很流行改良旗袍，一律的弹力花棉布，超短，颜色和样式都有些夸张。每每看见一些人，染着一头蓬乱的黄头发，脚上系着红绳脚链，趿着拖鞋，穿那种从时装店里现成买来的改良旗袍，垮胸颓背走在大街上，我就觉得那旗袍真是被拧得可怜。

贪图舒适的人最好也不要穿旗袍，穿旗袍其实是一件比较辛苦的事，从腰腹到胸背，从脖颈到肩膀，都得直直的“立”起来，稍稍的塌，就很难看。

也许是上了年纪，我也渐渐地失去了穿旗袍的精神。一来体态变形，已穿不出最好的味道；二来贪图舒适、方便，不想身体受苦。我现在喜欢穿宽松的衣裙，爱买大一号的衣服，穿在身上无拘无束，清风吹来，衣袂飘飘，仿佛可以乘风归去。

我的旗袍都留在了最清亮最婉转的旧时光里，和当时的许多人和事一道，成了陈年往事，喜爱不减，却只能缅怀。

岁月从不败美食

木心第二次出狱，谁都以为这回他肯定翻不了霜打秋茄的精神气了。可男神就是男神，他永远是草木青青的人儿，岁月愈沧桑愈衬托出他的尊贵典雅。出狱第一天，他换上笔挺的西装，一个人去大上海最好的餐厅就餐，点了他最爱的美食。彼时，梧桐净绿，灯光柔暖，那映在橱窗上的侧影，一定绅士得让人侧目吧？人以食为天，同样是吃，却因吃的氛围和仪式不同而相差万里。有人吃了只长胖，有人却可以吃出千回百转的时光与情趣。美食的美，大概也像爱情的美，也要遇到一个尊敬并珍惜它的人，才能彼此成全，彼此都不辜负。所以，木心把一道钟爱的美食提升到重新获得自由的珍贵与高度，着实让人感动。那细细品尝的，既是生命最原始的喜悦，也是珍惜和敬重。那个细节，读过再也没忘。

舌尖上的中国，讲到山里人家采蘑菇。每到采菇季节，老汉总要比平时起得早，为的是翻山越岭，去到深山里寻找蘑菇。采到蘑菇，晒干，收藏，在一餐又一餐的炊烟里慢慢享用，慰劳打拼于岁月风尘里的自己和家人。生活并不富裕的他们，却从未想过将珍贵的野蘑菇卖掉换钱。“最好吃的东西舍不得卖，要留给家人吃。”老汉边晾晒采回的蘑菇边乐呵呵地说。

荷锄归来，炒一碟鲜香四溢、热气腾腾的肉片炒蘑菇端上桌，那滋味该是多么饱满、幸福！烟火人家，环境粗陋，唯有落实在一道为爱为情而烹的美食里，岁月才显出它的细腻与生动吧。

并不贪于食。但对食物，还是有要求的。情义、情趣、相宜的氛围和美，一样也不想缺。最美的食物，不必是最好的，最贵的，但一定是最用心的。所以，对于美食，做的人，比用的人会更幸福一些。你不必样样拿手，但至少，你要会整那么一两个，各种场合、任何时候适用的，独属于你的味道。可以略为羞涩（因有自夸之嫌）而又略感骄傲地说，我有。鱼肉，也略能弄几个，但我最欣于出手的，是鱼肉之后那些可以洗涤油腻，让肠胃重归平和的美食。不厚重，但，足够绵长。

说出来你也许会笑，原来，那是奶茶。没错，就是奶茶。而今的大街上，十步一个奶茶店，品类繁多，要什么有什么。可那样的奶茶，我早敬告过子涵，最好别喝！那不是奶茶，是各种香精勾兑出来的欺骗味蕾的东西。真正的奶茶是这样的：要用好的红茶泡出醇厚的茶汤，煮与纯牛奶、太古白糖。要有刚好的火候、温度，刚好的醇香、甜淡。节日的大餐之后，来一杯这样的红奶茶，的确让人眉头舒展。这个假期，子涵每天喝，我就每天做。只要我漫不经心地提议——煮奶茶好吗？就总能得到最热烈的响应——好！

可以和奶茶相媲美的，还有焦糖咖啡、酸奶山药煎饼……轻盈讨好的食物，不像“妈妈的味道”，又的的确确是“妈妈的味道”。一次煮着煮着，突发奇想，等子涵到了可以恋爱的年纪，就把私房美食焦糖咖啡和红奶茶里的“秘密”传给他，让他遇着一个，把他用心烹煮的红奶茶和焦糖咖啡喝到两眼放光的女孩儿……想着，乐得哑然失笑。

关于美食，木心还说，用玫瑰花煮红茶，可以喝出春天的味道，多么美！世上所有的美，真是贯通的。突然觉得，一个对美有丰富敏锐和细腻感知的人，才是最富有的人，回到任何事情上，他总能“美不胜收”。这个春天，有馈赠的红茶，而我，早已备好洛施花舍的玫瑰花。下午茶时来一盏春天的味道，再来两颗“好想你”枣夹核桃，那清醇的绵香，那甜的暖，与春天十分相宜，与馈赠人的情义十分相宜，与细腻的味蕾也十分相宜。

春节，妹妹妹夫从北方回南方过节，妹夫千山万水捧回了一钵他母亲亲手烹制的地道的炖羊肉，那一定是他们最珍重的一道美食，北方家的美食。上到南方家的饭桌来，隆重品尝，果然别有滋味。而他们回去时，母亲大箱小箱装带着的，则是南方人最爱的美食，家乡最地道的味道。

世上有千般恩爱，最朴素最深切的，常常也是最烟火的。说什么爱呢？爱，就在漫长的岁月里，默默分享一道又一道用心的美食吧。因为，岁月从不败美食。

美丽花事

除了生存必需品，我的生活离不开两样东西，一样是书，另一样是花。我难以度过无书的岁月，也无法容忍无花的居所。书，优雅心灵，花，优雅生活。

当我的手可以拿得起一把小锄头，提得起半桶水的时候，我的生活便开始飘满了花香。童年时代，最快乐的一件事便是在大大的菜园四周或菜畦的空地里，栽种各种各样的花：娇艳的美人蕉，纤尘不染的栀子花，斑斓如蝶的蝴蝶花，浓香华美的玫瑰花，清丽淡雅的菊花……开花的季节，每天放学回家的第一件事，便是荡进菜园里，这朵花闻闻，那朵花摸摸。那时节，在同龄的伙伴里，谁家菜园里的花开得最多最美，是一件十分令人骄傲的事。

大学毕业后，因为没有“背景”，我被分配到乡下，而且是全县最穷最远的一个乡镇。工作的乡政府，宿舍很破旧，外墙和走廊的水泥栏杆因日晒雨淋多年，留下密密麻麻的黑斑，斑驳龟裂的木板门一推便吱呀作响，里面只容得下一张床、一张办公桌和一个小小的塑料衣柜，没有厨房，只能在走廊的过道里煮东西。不得不承认，这是我有生以来，居住过的最烂的“房子”。埋怨吗？我在心里想，还不如改变它吧。于是，细细清扫房间的每个角落后，我支起蚊帐，架起小衣柜，又把纸箱里钟爱的书整整齐齐地靠墙码在办公桌上。摆满了一桌的书，让这间破旧的小房间多了些文雅的气息，只是，缺少植物和花，那灰灰的墙壁，依然显得颓败和清冷，令人惆怅。第二天，我到乡府附近的闲地里，采回一把野菊花，插在灌满清水的茶壶里，挨着书摆在书桌上，顿时，韵味倍增，我的心情也随着那把野菊花带来的风情，一寸一寸地明媚起来。

第一次休假回城，我迫不及待地跑去花店，买了大大小小一打摔不碎的塑料花盆，又跑去花圃，精心挑选了喜欢的花苗带回乡下来种。房间的窗台上摆着吊兰，墙壁上挂着绿萝，门前的走廊过道里，种着三角梅、玫瑰、水仙、茉莉，从门前，一直摆到走廊的拐角。顷刻间，这间破旧的小房间，从里到外都变得活色生香起来。当我洗净沾满泥土的双手，静静欣赏自己的“花园”时，心里满是一片清新的喜悦。那时，下村回来，不管多累，我都会换上漂亮的旗袍，依着走廊的栏杆和栏杆上的花，任清风吹起长发，让如花的心事，在花香沉醉里静静地绽放，绽放成一首首清丽的小诗。夏天，花开得正好的晚上，我会和隔壁的姑娘，一起坐在走廊的“花园”里，乘凉、唱歌，唱清丽悠扬的苏联歌曲，从《山楂树》《红莓花儿开》唱到《小路》，那样的晚上，风醉，花醉，歌醉，星醉，人醉，真是美好而难忘的记忆！

结婚后，有了自己真正的家，种的花就更多了。客厅、书房、卧室、厨房，大大小小的四个窗台，都种满了盆栽的花和绿色植物，目光所及，无处不“花”，挂的，吊的，爬的，艳的，淡的，香的，雅的……同样爱花的朋友来了，恨不得搬来家住。在我家里，每盆花，每盆植物，都取有一个美丽的名字，每个名字都有它自己的意韵：有的和一段往事有关，有的和一份念想有关，有的和一个愿望有关……

逢年过节或朋友过生日，我喜欢把自己种的花当礼物送出去，这样的礼物不贵重，不会让受礼的人感到不安，彼此都落了欢喜，既熨帖又温暖。

因为爱花，我做过一件非常出格的事——偷花。一个冬天的晚上，细雨绵绵，同是花痴的女友来找我，说城区公路两边的山茶花已经结满花蕾，她想趁着天黑无人，约我去挖一株回来种在自家阳台。天啊，这可不是偷盗吗？见我犹豫，她又说："我白天已经观察过了，每一坑都种着好多株呢，我们就挖一小株，等于是清苗，没什么影响的。"我被她说动，找了一把小锄头，两人便出发了。那是我第一次做"贼"，虽然有黑夜作屏障，还是紧张得一颗心要跳出胸口，特别是每当有大车开过，被雪白的车灯照见的那一瞬，我感觉到自己的脸都红到了耳根。冒了一身的汗，我们却没有挖出半棵山茶花来，那路边的土太硬，又有很多石头，而且山茶花的根钻到地下太深，我们那把小锄头又过于纤细。结果，花没偷成，还湿了一头的发，沾了一身的泥，但我们却一直开心的笑到家。我在心里暗自庆幸：幸好，没有偷成啊！

因为爱花的因缘，我和女友还认识了一对住在城郊的农民夫妇，他们有一个很大的花圃，每到周日，他们会把花圃里的花装车拉到县城来卖。起初，我们就是在街头跟他们买花的常客，一来二去便熟了。那女子告诉我们，其实她家的花圃离城区很近，欢迎我们到她的花圃去做客。后来，我们就常常到她的花圃去赏花，有时候见到喜欢的，就以比市场低得多的价格买回一两盆，更多的时候，就赏赏花，什么也不买。那夫妇俩几乎以花圃为家，我们每次去花圃，最常见到的景象是那妻子坐着小凳，拿一把小锄头，混均一堆一堆的花泥，丈夫则拉着长长的管子给花苗淋水。这个溢香盈爱的花圃，让我羡慕得心颤。

走在路上，每当看到那些有花枝垂下的阳台，总是忍不住驻足仰望，我想，每一个鲜花绚烂的阳台背后，一定都有一个心怀如花的女主人吧。

这一辈子，我做过的最奢侈的梦就是当我老的时候，能有一个带着大花园的木房子，可以种很多很多的花，当我老到失去记忆的时候，就每天对着花儿傻笑。

绣

苏盈表姐不会说话。她一辈子也没有开口说过一句话。可她绣的花儿，仿佛正在春风里摇曳，暗生脉脉幽香。

那时，她常常坐在天井的玉兰花树下，素白旗袍，两条麻花辫安静地垂落在胸前，贴耳的发梢里，斜插两朵新开的玉兰。有时半壶清茶一卷书，更多的时候，她把五彩丝线搁在玉兰树下的桌子上，在那儿穿针引线。别人的时光，或在喧嚷的话语唠叨中，或在匆促的来往步履中纷乱而去。而苏盈表姐的时光，仿佛永远那样，在她的低眉凝思里，在她一针一线的简单专注里，安然流逝。

我似乎从未见过苏盈表姐灿烂的笑，也未见过她狼藉的哭。她总是那样安静，无论坐在哪儿，看着都像一幅画。一弯新月照梨花，那就是我眼中的苏盈表姐。她生下来就不会说话，却一点不影响她的美。苏府上下，人人疼惜她。苏盈，每个人唤她的名，声音都格外轻柔。

和这世上绝大多数美丽女子一样，苏盈表姐在宿命的辗转交集中，遇到了她生命中那个穿心而过的男人。可她这一生并没有跟他在一起。她一个人守着一颗心到老。

我从不知道这是怎样的一段际遇，也从来不想问。因为表姐不会说话，更不会说与别人听。我是后来从苏盈表姐绣的那幅绣上认读出表姐延绵了几十年的心事。那幅绣，她是用大半生捧在手心，一针一线绣出来的。

她每次绣的不多，仿佛不舍，每次只绣那么一点，第二天再接着绣一点。后来我才明白，她每天绣这幅绣的时光，就是她在这薄凉尘世中最细软的时光，她一次不舍消受太多，一次只取半盏茶的时光，就那样，慢慢把好时光平分到一生的岁月里去。

好多年过去，玉兰树老了，开的花渐渐稀少。在我远嫁他乡的那年冬天，苏盈表姐的绣图上，初现的只是两扇带着精致雕花的朱红木门。我无法想象，那两扇木门到底要背负着什么样的故事才值得让一个女子付出漫长的光阴来一针一线地绣出。

又很多年之后，表姐一家因为成分问题，关的关，押的押，散的散，一家子像风雨后的浮萍，人生没有了着落。我和先生辗转几年，最终才把表姐接到了身边，从此再没有分开。

苦难的消磨，除了长发染霜，苏盈表姐的脸上并无怨气，她一直是不惯于埋怨命运的女子。让我惊讶的是，经过人生这重重的离乱与磨难，表姐那幅绣却依然完好无损地带在身边，真的难以想象她是如何做到的。和我们在一起的日子里，她依然在绣，依然每天只绣那么一点。直到那时，我才得以见到，那红木门前，是站（绣）着一个男子的，是一个男子儒雅风华的背影。那时，我也才突然醒悟——这扇门，门前的这个男子，就是苏盈表姐这一生，独自暗放在心头的春花与秋月。那门，是她永远无法跨越的红门，那个男子，是她甘愿默然守望的心上人。这扇门，这个男人，苏盈表姐整整绣了几十年，而且还要绣下去，一直绣到她人生的尽头。

那一刻，我的眼泪落下来。我的手，几乎是颤抖的轻轻抚过那个背影，我问表姐："他知道吗？"表姐抬头看我，笑着点点头，而后又摇摇头。片刻，苏盈表姐的眼泪突然断珠般滴落，滴落在那扇红木门上，那个男子的背影上。

我把眼前这个发已斑白的女人轻轻抱住，万千滋味，和着汩汩流出的泪涌上心头。只是片刻，表姐擦干了泪，坦然妩媚地笑了。那笑，穿越半个世纪的沧桑，却依然温柔妩媚。大概真的如此吧？心中有爱，且爱得美好的女子，是不会老的。既如此深爱，为何却只是把他的背影绣在一方帛布上？

若你不懂，也不必问。

人与人，总是有无法计预的缘分，爱的缘由与归宿，也总有着无法逆转的宿命。很多时候，由不得人去选择。但若爱得深，爱得甘愿，无论怎样爱着都不会生怨。

我相信，那一定是唯一一次，苏盈表姐因念想而落泪。更多的时候，她是把爱，把长长岁月里的无声念想，一针一线地绣在她甘愿守望的那个背影里去了。

爱和幸福，谁又能界定它的标准呢？你认为茹苦的事，在别人那儿也许却是幸福的。

而这世上是有这样一种女子，当她爱上一个恰好的人之后，便不能放下，唯一能做的，便是彻底深爱，不辞聚散与悲欢，甚至，不辞风月，无怨无悔。

和这世上绝大多数美丽女子一样，苏盈表姐在她宿命的辗转交集中，遇到了生命中那个穿心而过的男人。她没能和他在一起，却用了大半辈子的眷恋与不舍，一点一点，绣出他的芳华。我想，不管那人知不知道，那无数日夜里，被苏盈表姐一针一线细细密密绣出的爱，都已在那安静的流光里，于她拈针穿线的指尖上，开出温暖的花儿。

苏盈表姐这一生，因了心里的这份挚爱，这份执着，这份单纯，这份专注，红尘的离乱与磨难，仿佛都被她轻轻遗忘了。

如果爱，那样温暖无怨地爱着也是很好的。

情化烟雨落江南

苏杭一直是我梦里的江南。而那些坐落在江南的水乡和古镇，则是江南最美的情与韵。我所说的江南其实就是这些情韵悠长的古镇。比如周庄。

烟雨蒙蒙，小桥流水，幽幽古巷，曲折延绵于古巷深处的青青石板路，这些还不足以道尽江南的美。江南的美，更美在烟雨无声轻笼的宁静，美在小桥流水长浸的温润，美在那些古巷里让人遗忘时光的清幽。

江南的静，静出了江南的慢，江南的慢又慢出了江南的秀美和情韵。在我的概念里，无美不静，无美不慢。江南的烟雨是慢的，丝丝细细，润物无声；江南的丝绸是慢的，要种得桑树，采得桑叶，养大蚕宝，吐出蚕丝，才能织成绸缎；江南的石板路是慢的，江南的旗袍也是慢的，它们均不适合奔跑，只适合漫步；江南的绣更慢了，一丝一色，一针一线，却绣尽人间春色。

江南的静，适合隐居，低低的门窗关上，一盏灯，一本书，一杯茶，头枕悠悠流水，只要我和我的爱人共朝夕，同流年，今夕何夕又有什么关系？

江南的慢，适合等待，等待爱人，等待重逢，它的慢，慢得让你忘记时光，慢得让所有的忧伤和等待都变得淡泊而从容。当然，也只有淡泊和从容，才能经得起漫长的等待——不管你来不来，我总在这里，你，总在心里。

真的，再没有比这小桥流水的温润，更适合两情依依，相濡以沫，安静终老了。我，怎能不等？你，又怎能不来？

江南的古镇，安详而朴素，黑瓦白墙，被千年的时光晕染成水墨画里最典雅的灰。那些被称作“故乡”的地方，应该都是这样一种颜色吧，灰。灰得沧桑也灰得沉静，像母亲蜡染的旧衣衫，灰灰的暖，灰灰的亲。故乡，还应该有一排排相似相连的老屋吧，低低的屋檐，透出点点暖黄的灯光，每一家的一日三餐，从小小的窗里，隔着小桥隔着流水，飘溢出亲切的饭香和酒香。故乡，还要有这样清澈悠长的流水，无声地淌过门前屋后和屋后的小桥。流水绕着人家流成千古，小桥守着流水也守成千古，这就是陈逸飞先生画里的故乡——周庄。

漫步周庄，你会觉得，一切纷扰喧嚣在它的安详里都找不到存活的土壤，而一切鲜亮的颜色，在它那一派沉静的灰里，也只是点缀。这个地方，若你当它是故乡，无论你走了多远，走了多久，它总会在你心里泛起轻愁，它的每一片瓦，每一盏灯，每一座桥都会让你怀念不休。

那天到达周庄，正好是烟雨天，若有若无的雨丝，把沿河的垂柳，把弯弯的石板路都浸润了，也把我这个远道而来的外乡人的心，给浸润了。坐在河堤的石凳上，看水乡的小木船，由远而近，沿河慢慢划过来，又划过去，轻轻穿过眼前的桥拱。小巷深处，已有亮灯的人家，灯光映着河道，河道映着灯光，灯光又映着我的眼睛。

静立在周庄烟雨中的码头，对着脚下的幽幽流水，对着岸边灰灰的屋檐小窗，对着小巷深处寂静的灯火，我，亦静成了画里的风景。岁月静好，这样的小桥流水人家，仿佛真的只有静好。是我独衷的那一种静，那一种好。不知道别人是否和我一样，每到一个情韵契合的地方，总会牵起内心最柔软的情怀，总会倏然想起聚散人生里藏得最深的那一个人。老来多健忘，唯不忘相思。而这相思，往往是在点点滴滴的美好时光里静静涌现。因此，美好的，会因爱而更美好；相思的，会因美好而更相思。

也是在江南的古镇里，晓桐对浩磊说："如果上天安排，你我都老的时候，身边都无牵挂。那时候，我们就在一起，我会在这里等你……"是的，我和晓桐一样，情愿为爱隐在岁月深处等待一场重逢。

若等得你来，我们就去江南，看你喜欢的烟雨，让烟雨湿我华发，润你眼眉，我们要挨着小桥的青苔，在河里照出幸福的双影，紧紧牵握的手，再也不会松开。我们还要寻一处临河的小屋，等烟雨散去，月色清朗，我素手推窗，静静的流水里，一轮明月就在盈盈的波心荡漾。多么好，洗尽铅华，你眼底依然为我守一场绵绵烟雨，而我心里，依然为你留一片如水月色。

徐志摩愿做康河里的一条水草，而我，愿做江南的一场烟雨，把丝丝缕缕的清柔，漫撒在你的眼底，心间。

琵琶吟

琵琶吟，听这曲子，心里就在想：发明这乐器的，该是什么样的乐师呢？他亦是天涯落客中忧伤孤独的一个吗？不然，怎能做出这样一把琵琶，轻轻一弹一拨，便弹拨出心底最幽微难言的况味，最缠绵难解的思量。

这声声凄婉，听来，是离人眸中的清泪，盈眶不肯淌，是离人难舍的衷肠欲碎，捂紧不肯诉；是离别时候，不忍送，不忍挥帕，不忍说再见，不忍看伊人背影隐入苍山云海，步步远去；是寂寂的花儿落，是燕分飞，是一江春水无尽愁，携小舟，弯弯流去不回头……怎忍回头？回头独添萧瑟；怎忍道别？道别独添离索。自知别去两茫茫，离愁心上咽，千言万语何从说？不如琵琶一曲吧，清乐悠悠伴君行：你若跨马，盘山而去，我就上高楼，静倚栏杆，夕阳里，长风猎猎处，琵琶应渺渺；你若乘舟，涉水而行，我就立桥头，水波微漾中，琵琶应幽幽；你若踏雪，携月而去，我就依傍雪月一树梅，暗香盈袖里，琵琶应切切……

而今离人杳，琵琶不肯歇。是的，每一对离人一定都说过：人去也，莫思量。不料对花对月对长宵，还教思量浓如酒。人生多少离别，当时不知深重。就像一刀切指，当时不觉疼，总要等到后来，才知道那种锥心刺骨的滋味，多么叫人难挨。一样叫人难挨的，是有情人，偏做无情事。是有一种深情，深到无情。像黛玉的焚稿，一把火当下烧掉过往，多么绝情！然，她有多少深情成灰，就有多少深情成泪，那种决绝的无情，其实恰是最深的一种情。我们何尝不是如此？那人若散去，当年红笺小字，便不敢再读，字在人非，怎么读？连那名字，也不许提起，在别处看见，目光急急别过，仍旧落个泪盈眸。人生里，有过这样的离愁，也才知自己原是这般重情之人，不曾辜负过那美好的爱情。

琵琶不肯歇，也只是对自己的不肯歇。那人去了，留一地相思在风里，如果情深意长，自己偏不肯忘，就认命吧，认命，也就安心了。知道从此相思不可阻，就不再为难自己，思尽管思，念尽管念，若他不值得，你又怎偏不忘？能让你甘心长长念着的人，我想，他一定是值得的。

思夜皎皎，对月一曲琵琶吟，恰如蓝蝴蝶在月下翩飞，亦忧伤亦美好。佛说缘定三生，前世有缘，今生才能相遇，而今生相遇又相念的人，算来还有一次重逢的机会。那时茫茫江浸月，若你打那江边走过，忽闻水上琵琶声，那不是客船，也没有江州司马。是当年弹琵琶送你去的人，还在弹当年的旧曲，等你归……

第二辑

月色倾城

美丽典范

最近一次在屏幕上见到秦怡老师，是 2016 年 3 月 27 日晚，中央电视台中国文艺栏目播出的一期《向经典致敬》里。她，是那一期的经典人物。台上，已经 95 岁高龄的秦怡，和风华正茂的孟盛楠站在一起，毫无“迟暮”之感，满头白发，她依然美得像一个传奇。那种美，不娇不艳不富不贵，却强大到让人震慑，你不经意看了她一眼，一眼便足以倾城。其实，别说是孟盛楠，就算再漂亮再耀眼的明星站在她身边，也丝毫不会干扰到她的美。这个世界从来不缺少美女，但 90 多岁依然保持美，依然美得让人赏心悦目的，真的不多。就只这一点来说，秦怡老师，也堪为天下女人的楷模和骄傲了。

其实，每次在银屏上见到秦怡，都会让我感动振奋好久。作为女子应有的秀美与风雅的典范，我尤钟于她身上所蕴含的那一种美。恰如她在黑白旧照里所呈现的那样，你看她，眼角眉梢都是柔情，美得那样柔软；那柔情，又交织着爱与善的光芒，明亮而洁净。但，她不只是柔情，柔情里她还有坚毅，坚毅里她又还有谦卑。这些美在她身上相互依托又彼此融合，到老，都不曾减损半分，越老越风骨，越老越动人。所以，哪怕美女如云，但，无论她是站在“云”里还是站在

“云”外，也无论她是站在那个时代，还是站在这个时代，你一眼就能对上她的光芒她的美，连同那一头优雅的白发，都美得让人过目难忘。我一生钟爱并终身学习的，就是这样一种美。历尽风雨，却不见沧桑，唯见从容与优雅。

如果用世人窄窄的眼光来衡量一个女子的幸福，这幸福必定得和一桩地老天荒、你是风儿我是沙的爱情紧紧联结在一起。天大的误导，谁说爱情能让人幸福？能让你幸福的，只有你自己。你有了不依赖任何外力和外物也能让自己幸福的能力，此生所遇种种，也才会运转到幸福的轨道上去，否则，给你再多，也是枉然。秦怡老师的爱情算不上有多好，她的婚姻家庭生活，用坊间的话来评价就是“痛苦多于快乐，眼泪多于欢笑，委屈多于喜悦，不幸的影子总伴随着她。”

与第一任家暴丈夫离婚后，秦怡遇到了当时的“电影皇帝”金焰，两人一见钟情，花旦嫁与王子，却并没有像童话故事的结局那样，“从此，幸福地生活在一起”。金焰因工作辛苦，又常纵酒贪杯，婚后不久，就把身体给喝垮了，后来虽动了手术，勉强保住性命，却自此长卧病榻，直到病逝。想来，他们金童玉女式的婚姻，确是眼泪多于欢笑，不管婚前俩人如何恩爱，婚姻里若有一半摊上酒，摊上病，那另一半就不得不摊上辛酸与悲凉，幸福，真是算不上的了。

更让人唏嘘的是，才子与佳人的儿子“小弟”，竟是精神分裂症智障儿，他无法自理，更无法独立生活，狂躁一上来，还要打人，没有别人可打，只好打最亲近的人，打妈妈。秦怡说打就打吧，不要打到脸就好，因为第二天还要拍戏，不能把脸打肿了。所以，每次儿子冲过来，她就“自觉”把腰弯下去，让儿子打后背。儿子力气奇大，每每打得狠，受不了了，她就跟儿子说，小弟再打，就要把妈妈打死了……儿子听到“死”，会有感触，然后缓过神来，抱住妈妈。小弟夜里大小便失禁，半夜来敲妈妈的门，不论多困，她立马就得翻身下床，先帮儿子擦洗，换上新的床单，再把弄脏的床单洗干净。做完这些，天也差不多亮了。她说，真的很累呀，白天拍戏，晚上特别困，很想睡个安稳觉，可是没有办法。别人问她为何不让保姆来做，她说，这样的事怎么能让别人来做？不合适，我是母亲，必须由母亲来做。她这一做，就足足做了五十年。小弟活了五十岁，五十岁，这对于精神分裂病人而言，已经是奇迹。这奇迹缘于秦怡的坚持与爱。她从来没有嫌弃没有放弃过儿子，爱了他五十年，也为他操劳了五十年。有人说她，天下最伟大的人是母亲，秦怡比母亲更伟大。

一边是病榻上的丈夫，一边是洗脸洗脚都要她亲力亲为的儿子，一边是她热爱的电影事业。秦怡最累的时候，也曾深夜里一个人坐在台阶上流辛酸的泪，但第二天一早，准又拼足精神来承担自己该承担的一切，因为，没人替代你，无法替代，也不可能替代。可是，就这么一个常年操劳，睡眠不足的女人，你说她怎么还能这么美？到老都让人寻不着她脸上的沧桑与憔悴？孟盛楠问她："您经过这么多风风雨雨，90 多岁了，依然这么美，这么优雅，能告诉我们您是怎样做到的吗？"秦怡答："就是，不着急啊。"她说："我从来不着急，我总是相信，任何困难，都会有一个解决的办法，遇到事情，就努力承担，你承担起来，慢慢地就好了。"

不着急，承担。秦怡那种柔情与坚毅共融的美，原来是源于这样的内核。可是，这两样，其实都好难。不着急，需要内心有足够强大的定力才行。而承担，则更需要有足够辽阔的胸怀，宽容和爱。如果一个时代，到处是追求个性，追求自由，追求自我开心的人，那，其余的事，该谁来承担？看来，我们不得不面对现实，有些美，因为再也找不到蕴养她的土壤，已经渐渐枯萎、消逝。

美，很难跨越时代的蕴养。我们这个时代啊，是再也造就不出杨绛、林徽因这样的先生与学者，也造就不出秦怡这样的表演艺术家来了。再过些年，我们身后的那些姑娘，想在现世里再寻到这样一种女子，这样一种美丽典范，也将无处可寻了，真是遗憾。

《向经典致敬》里，有一个细节特别让我感动。新疆来的小伙子，给秦怡老师带来一顶维吾尔族人手工制作的小帽子，当他拿着帽子走上台去，秦怡老师，以她 95 岁的长者身份，她完全可以坐在自己的座上接受馈赠，但，她没有。她是毕恭毕敬地站起身来，微微弯下腰，为一顶帽子做了一个感恩的鞠躬。恭敬、鞠躬，都是老派的礼节，她是那样谦卑，却让人觉得她很尊贵。

秦怡先后生过 4 次大病，开过 7 次刀。她患过脂肪瘤、甲状腺瘤，她摘除过胆囊，还得过肠癌，但她，却一直漂亮地走到今天，95 岁了，思维还那么灵敏，口齿还那么伶俐，穿着得体，淡妆妥帖，笑起来，红唇白齿的模样依然动人心扉。老天，这像是 95 岁的老人吗？更让人不可思议的是，这位 95 岁高龄的老人，创作了数万字的手写剧本，自编自导自演了一部电影——《青海湖畔》，在耄耋之年圆了她自己的电影梦。在这部电影里，她以 90 多岁高龄出演一位 50 多岁的女子，在海拔 3800 米的青藏高原上完成了拍摄。电影人这样评价她：“这不仅在中国电影史堪称壮举，在世界上也难以找到第二例。”

至此，你还要问吗？ 为什么岁月沧桑会网开一面，如此眷顾她，青睐她，怜惜她，护佑她，让她 90 多岁依然如此美丽？护佑她的，不是神，也不是天，是她自己那一股子永远蓬勃的心劲与坚毅。

1995 年，秦怡获得中国电影世纪奖最佳女演员，2004 年被授予上海市慈善之星称号（当年汶川地震，秦怡老师把自己的大部分家产——20 万元，全部捐给了灾区），2005 年她被授予国家有突出贡献电影艺术家称号，2008 年获选第 7 届中国十大女杰，2009 年获上海文艺家终身荣誉奖及第 18 届金鸡百花电影节终生成就奖……我想，除了这些，我们还应该给她颁发一项大奖——终身美丽奖。

美丽，从来不是容易的事，像秦怡老师这样美丽一辈子，更是极不容易的事。没错，你我都只是这尘世里众多女子中极其普通的一员，没有资质，也没有条件把美丽做到典范的程度。但至少，我们应当明白那美丽的内核与因果，并在自己可以做到的事情上，把它做好。女人，有学习美丽的决心与态度，是不会错的，于人生，也完全有益无害。

一个女子，若只有漂亮的五官，那样的美未免过于浅薄；而女子的美，倘若少了柔情，就少了慈爱温暖；少了坚毅，则没有骨气；少了谦卑，就够不着尊贵。所以，若你有了漂亮的模样，记得再给它加点柔情，加点坚毅，加点谦卑，才不算辜负上苍赐予你的好模样。倘若长得不够漂亮，那就如我一样吧，努力把柔情，把坚毅、谦卑这些美丽的核儿深深地种在骨子里吧，直到它们在那儿开出花来。开在骨子里的花儿，比脸上的花儿，更美丽一些，而且，绝对耐得消磨。

为什么一定要美丽？因为人生辛苦，肉身微弱，美丽是良医，她渡越沧桑，她安抚红尘，她温暖人间。

最后，谨为秦怡老师敬题小诗一首：

百岁羞花君莫奇，尘程一踏任风凄。
辛酸辛苦拦不住，笑颜红颜到今夕。

再看天边红

凡事总要讲心缘，心缘到了，才能心心相容，相惜，相知，彼此成全。近来看萧红的电影，重读《呼兰河传》更深感如此。关于她的故事、电影，都流传已久，但我直到今天，才用心打量她的一生，并在打量里努力与她相融、相知。我对悲怆而不曾丢失美好的人生总是偏存敬意，觉得上苍亏欠的每一个人都格外需要怜惜，需要温柔对待，而不是苛求和嘲笑。若是，她还能在各种亏欠和委屈的命运中过出自己坦诚、真挚而担当的一生，除了敬重，我们还应该感谢，感谢她让人世恒流不断的辛酸与哀愁得到抚慰和榜样。在我这里，萧红，是这样的抚慰和榜样。

作为电影，许鞍华和霍建起拍的萧红都美。许鞍华《黄金时代》里的汤唯演出了萧红的纯真与清澈，一颦一笑里尽是洒然本色。霍建起《萧红》里的宋佳则演出了萧红的倔强和疼痛。借宋佳那双美丽率性的眼睛，萧红一生委屈的、悲愤的、酸楚的、凄凉的眼泪，又一次得以簌簌流淌。当然，电影不是纪录片，汤唯和宋佳的演技再好，也无法还原每一位读者，每一位看客眼中参差不一的萧红。我的写也是。我们只能凭着各自的阅历、眼界和悲悯，去触摸、去观照她或深沉或热烈，或寂寞或勇敢，或浪漫或悲凉的一生。

电影看完，秋夜深深，万千滋味涌上心头，总有意不平，总有怀难释，一个人伏在桌上哭了许久……

萧红说："我所有的不幸都因为我是一个女人。"追索她的人生轨迹，不幸的玄机 ，仿佛从她出生的那一刻起，就已经密合了她无法选择的时代、家庭和性别，布下一串难解的连环，一环连接一环，一环扣住一环，一环缠捆一环，延绵往复，短暂逃脱，又重陷密环。

那时，女孩儿不许上学读书，她偏想读书；女人不许自主择夫，只能听从家命，嫁鸡随鸡，她更不从。不从，也无所谓觉醒，不管在哪个时代，追崇爱情和人格自由都是人类的本能和天性，只不过，大多数人畏于大社会大环境的压制，生生把自己的天性泯灭忍埋，苟活于命罢了。但萧红不愿意也不甘心这样，要她在青春正好的时候就黑掉自己对爱情、理想、浪漫、诗意这些人生应怀的美好之意来度过浑噩窝心的一生，怎么可以？这比死更让人绝望。怎么办？那就豁出去拼一把吧，就算拼死了也求个无憾。于是，那一场惊动呼兰河的逃婚出走，便成了她唯一可以选择的方式。那一年，她十九岁。

然而，"理想是好的，否则钱是重要的"。那拉出走之后，也有可能因为穷困而堕落，甚至死亡。当时的社会环境，遍地萧条，对一个沦落异乡又无名无经传的十九岁女子，要找到可以养活自己的工作实在太难，她很快又陷入另一种绝境。兜兜转转，那个当初让她义无反顾逃婚的"前夫"汪恩甲，又成了她在绝境中的唯一依靠。命运回转到这里，不禁深深一叹！不是叹萧红的低头回转，而是叹命活一世的辛酸矛盾和身不由己。四面楚歌时，一只慷慨伸出的援手所附带的恩泽和情义总会被无限放大而让人倍加感动和信任。所以，萧红的低头回转，除了有她身不由己的命定成分，也缘于她内心对汪恩甲"不计前嫌”所生发的一份感动和信任，这和她当初出逃已经是两回事。今天，我们不能在温饱无忧的情境中去苛求一个已然寸步难行的十九岁女子，强大到可以超越这种感动和信任，那样的苛求既无情，也不公平。

只是，谁也无法精准地预测到未来，萧红自己一定也没有料到，在她身怀六甲时，汪恩甲会谜一般地消失。当然，她更不会想到，就在她被“抛弃”在旅馆，弹尽粮绝，走投无路，身后只有还不了的债务和火坑时，她竟会遇到萧军，遇到她今生最诗意最浪漫也最奢侈的传奇般的爱情。峰回路转，柳暗花明，一切辛酸苦难、委屈劳顿都有了意义！他仿佛从天而降，她的落魄恰好成全了他天性里一直潜藏的英雄救美情结，更何况，她的确“不是一个普通的孕妇”，她的才情、率真、倔强、勇敢，使她纵然落魄，也依然有美丽的光辉动人心魄。所以，面对蓬头垢面、粗衫破败，且大腹便便的萧红，萧军说——觉得眼前的她，是世界上最美的女子。那么，这是真的爱了——他忘记她的红唇白齿，她的衣香丽影，她的妩媚风情，直接爱了她的骨子。

萧红在医院生下汪恩甲的孩子之后，两萧身无分文，险些流落街头，他们只得把孩子送人。产后的萧红，得不到起码的补给和休养，从此落下病根，宿病绵绵。然，患难中的爱情，纵然千辛万苦，其幸福甜美，也是世上任何一种爱情都无法比拟的。那时，两人走在天寒地冻的街头，她身上穿的是萧军的旧棉衣，又大又土，一点女人味没有，脚上的鞋已经旧得鞋带都磨断了。她的鞋带断了，萧军二话不说，蹲下身来，解开自己的鞋带，割分成两段，把另一段仔仔细细绑在了萧红的鞋子上。电影看到这里，不禁千回百转，两眼含泪。什么是低到尘埃里？这就是吧。这低，真是暖。爱情最好最暖的时候，就是两个人都低到尘埃里，忘记了高高在上的世界和世人的时候吧。那是他们最穷的时候，也是他们最幸福的时候。只是，爱到后来，日子越久，干扰越多。从尘埃里开出来的花，总是很难保其鲜丽，更无法再回到尘埃里去，重新生长，只能接受俗世的风吹雨打，挨得过的，便结成酸酸甜甜的果子，挨不过的，也便凋谢枯萎了。

当初，萧红最令萧军心动怜惜的部分，就是她的才情。这种才情，到后来，或许又恰恰变成了他心里微妙的压力、负担和矛盾。男人的天性，总是不大容易心悦诚服地接纳一个比他强的女人，也不大容易把初见的钟情延守一生。萧军骨子里的英雄情结，让他觉得自己遇到的那些女子，都“那么可怜，那么需要爱”。在感情上，人总是囿于自己的本性，没有办法，也无关对错。萧军承认，除了萧红，他后来又和别的女子有感情纠葛。到了这样的时候，越美好的开始，就越成为磨人的疼痛了，那种一点一点破碎的疼痛，是锯子在心上拉扯。镜头里，萧红把火红的烟头烫在自己的臂上，忍住眼泪，不言。破碎一地已经太心酸，怎么忍心再用怨言踩上一脚？辞别吧，唯有别离可以以痛解痛。

她辞别萧军，东渡日本。彼时，除了心身多一些沧桑，她依然穷困潦倒，比任何以往都更加孤独。那种孤独，不是因为在这世上无亲无故了，而是因为世上最懂你的人走了（她在日本期间，鲁迅先生病逝），远去的爱人，又仍然深在心底，想起来就疼得慌。那又有什么法子呢？漫漫长夜，实难消受，她就一个人到街上游荡，“像鬼一样”。

离开萧军之后，萧红对朋友坦言：“我爱萧军，到今天依然爱，但作为他的妻子太痛苦了。”萧军是那种对你好时，就好得不得了，对你无情时，就一点不留情面，一点不知怜香惜玉的男人。恰如他说的：

爱便爱，不爱便抛开。和这样的人在一起，痛苦常常多于踏实。而人被痛苦消磨久了，倦了累了，得到或失去，也就变得无所谓了吧。正像萧红后来说的：“我只想过正常的老百姓式的夫妻生活。没有争吵、没有打闹、没有不忠、没有讥笑，有的只是互相谅解、爱护、体贴。”其实，谁都一样，在饱受大爱大悲的动荡煎熬之后，总是转而渴望换取心身的安宁。她后来接受并嫁给端木，想来便是基于这样一种变化吧。然，老百姓平平常常的夫妻生活，除了情投意合，也还要尘缘可守、彼此珍重，又哪里是容易可得的呢？况且，心性难移，人总是很难将就自己的心性，如果没有你要的灵魂相依，纵然把一个可以宠你上天的人配于你，若他不能照亮你眼中的光芒，徒有岁月安稳，你也不会感到满足和幸福。

就像我们后来知道的，端木也没有给萧红想要的安暖和幸福。“可是，女人的幸福为什么要依赖男人，依赖爱情，依赖婚姻？”我想，言其依赖是不对的。爱情的慰藉和温暖，对于每一个心身健全的人来说都是正常不过的正常期望，只不过，得之，你幸，不得，你命罢了。那时的萧红未满三十岁，对于一路颠沛流离，举世无亲的她，会比常人更渴望一种相依相守的慰藉与踏实吧。况且，似这般率真的女子，似乎更容易信任、容易投入、容易付出，却缺乏理智、冷静和强大。但，一个人，怎么可能既保有纯真，又能事事算得清，看得准？这就像，我们无法要求一个世故的人同时拥有一颗纯真的心。所以，什么样的性格就接受什么样的命运，这大抵也是每个人难违的宿命，总要体谅才好。

想起梁永安先生说的：在谈爱之前，你爱的那个人最重要的、最根本的精神价值、文化价值、社会价值在哪里，你知道吗？他举例：“伦纳德特别知道伍尔芙的价值。他为了让伍尔芙写作的时候充满自信感，干脆办了个小印刷室，把她所写的东西都印成书，比出版社还快。有时候伍尔芙精神不稳定，要离开、要跑到伦敦去，他不辞辛苦地去陪伴她、去追寻她。所以你看伍尔芙写出来那么好的小说，《达洛维夫人》《到灯塔去》，没有伦纳德怎么写得出来？”

在感情上，萧红远没有伍尔芙这样幸运，那些也曾懂得她才华和价值的人，总不能善始善终。伦纳德这样的人，也不大容易出现在当时那样一个强调男尊女卑的中国社会里。然而，好的是，在萧红短暂的一生中，纵然父母辜负她、婚姻辜负她、死亡辜负她，她却从未辜负过天赐予她的那一份才情与天赋，她说：“任何事情都无法阻挡我写作，贫困不行，战争不行，甚至，死亡也不行……”她的每一部作品，几乎也都是凭着她对写作的热爱和执念，在贫困、战争和病痛中书写而成。三十一岁的人生何其短，三十一年的风雨何其长？处处为难沦落，但她心里，总高高举起心中的笔，就像举着她身上最硬的一根骨头，带她横穿爱恨情愁。岁月悠悠，墨香迢递，人生，唯有热爱才是珍宝，才能耐得住命运的波涛和起伏，于她，甚然。

今天，当我坐享衣食无忧，再读她在穷困和病痛中写出的《呼兰河传》，那质朴里的纯真，轻描淡写里的深情，真是无与伦比。她笔底的苦难，那样浩荡、辽阔、悲悯，让人读到心如绞，泪如珠。《呼兰河传》是她病客香港时，对故乡的一次深情回望，她仿佛知道自己有生之年将尽，要先把漂泊的灵魂遣回故土。生时，祖父是给她温暖抚慰的唯一，死时，埋着祖父的故土，仍是她可以温暖回望的唯一。或许，写《呼兰河传》之前，萧红已“死”。我总相信，对于用生命写作的人，在其一生的创作中，定有一部作品是她死时方能提笔，她写时又重活一遍，轮回一遍。所以，《呼兰河传》才能成为这样的《呼兰河传》，才能那样安静地隐去她自己的悲欢，回到一个女孩儿最初的坦诚、自然与纯真。

萧红说："作家应该为整个人类而写作。为苦难的世界担当痛苦，是一个作家应有的精神追求。我写苦难，就是因为希望苦难的现实能够改变。虽然我还没找到改变的道路……"这样辽阔的写作情怀，无论放在哪一个时代，都应该是写作人的榜样和标杆吧？

萧红无比同情她笔下的那些人物，而她自己，又何尝不让人叹息？正是啊，这人世的辛酸悲苦常常不是由幸福安暖的人去慰藉去救赎，能救赎他们的，往往是那些和他们一样承受苦难的人。

"春夏秋冬，一年四季来回循环地走，那是自古也就这样了。风霜雨雪，受得住的就过去了，受不住的，就寻求自然的结果。那自然的结果不大好，把一个人默默地一声不响地就拉着离开了这人间的世界了。至于那还没被拉去的，就风霜雨雪，仍旧在人间被吹打着。"

窗外炮声隆隆，香港红十字会圣提士反女校临时医院里，病床上的萧红，慢慢闭上含泪的双眼，一声不响地离开了这人间的世界，把最后一行泪水抛洒在她漂泊的异乡。"我将与蓝天碧水永处，留下那半部《红楼》给别人写了……"1942 年 1 月 22 日，当呼兰河寒冷的大地裂开口子，那个"晚来偏无事，坐看天边红"的人，留下她的半部《红楼》，一声不响地离开了这人间的世界。

对于无尽的辛酸、漂泊与病痛，不知死，算不算是另一种慈悲？

我没有答案，也不敢给出答案。

"风霜雨雪，受得住的就过去了，受不住的，就寻求自然的结果。"是的，一切都是自然的结果，风住、尘香、花落……

而我，却伏在桌上哭了许久。哭美好的凋零。哭美好的永恒。

附诗一首，题与萧红：

客路穷途困九龙，残花消尽病时容。
平生坎坷休回首，逆水行舟浪涌汹。
尘断佳人萧萧意，墨遗芳骨切切情。
呼兰河畔魂归否？点点落霞波映红。

给邦子的情书

2018年4月3日，我在日记中写道：

4月3日，收到邦子的书。她没有多么不同凡响。但正因为她平凡，她在平凡中演绎的美好才显得那样动人。看过邦子的黑白相片，一眼就认定了她正是我喜欢的样子。虽说人不可貌相，其实我对相貌还是有所偏执和挑剔的。奇妙的是，那些让我喜欢的外在特征，也往往有着让我欣赏的内在品质。的确不喜欢长得过于随便和俗气的人，我不大相信俗气的皮囊下会埋藏有清新的灵魂。特别喜欢邦子那样的相貌，尤其眼睛，眸子黑得那样清亮，聪慧而坚韧，是那种活在水深火热中仍能闪闪发光的眼睛，让人敬重。原来，长相也是可以让人敬重的。看着这样的女子，会不好意思堕落和懦弱。我也想有一双那样的眼睛——在水深火热中仍能闪闪发光……

日记里，4月3日收到的书，是向田邦子的妹妹向田和子整理并出版的《向田邦子的情书》。其实，并不是真正意义上的情书，大多是N先生在他人生的最后一段岁月里，随手记录下的，他和邦子共同度过的一些日常点滴，其间也夹杂着邦子写给N先生的几封信，他们的情书，琐碎到——

刚刚吃了一颗橘子。大概是空气干燥的缘故，橘子特别好吃。一天可以吃上五到七颗。照这么吃下去，我应该会变漂亮吧！

你不妨也多吃橘子。今天就写到这里。真是讨厌。我期待星期天和你一起吃鱼生片、喝啤酒。

请多保重！

你那边一切还好吗？

不要随便发脾气，宽心自在最重要。还有赶快去买瓦斯炉……因为没有吃东西，站起来觉得头晕。二十八日之前我会恢复健康的，对不起。

多保重，注意手脚不要受冻。

没想到邦子在将近九点的时候过来，帮我准备好明天的食物才回去。大概连日来的熬夜，显得很憔悴……邦子趴在暖炉桌上，显得很满足的样子。我不禁觉得她很可怜。

所谓情书，写的尽是这些家常琐碎。如果这也算情书的话，一定是天底下最清淡的情书了吧？然，慢慢读来，又觉清淡里有亲切的暖意，可爱的率真。自自然然的样子，尤其动人。

往来“情书”期间，正是N先生病重的最后两年，邦子除了要照顾家人，要照顾N先生，还要写剧本，“忙得连睡觉时间都没有”。她于傍晚时分到N先生家照顾重病的N先生，夜深之后才回到向田家。不论是圣诞夜、除夕还是新年都是如此。想来，这样几头兼顾的奔忙一定很累，但无论是在《情书》中，还是在后来妹妹和子的回忆中，都从未见到邦子有丝毫的怠倦、怨言、着急、上火、发泄……认真想了想，如果换了同样才华横溢又极负盛名的其他女子，会怎样？恐怕更多的是冷淡、骄傲与自负吧？而邦子真是个例外，连同她的文字，也和她的心地一样，情义深挚，机敏而又温厚。那种温厚，从她对父亲的态度中足以明见。

“窝里横、小心眼，好面子、使性子，坏脾气、妄自尊大……你其实是男人中的男人。我就是看上了你这一点。”邦子说的是她的爱猫马米欧。却也非常契合于她的父亲。邦子的父亲是私生子，从小在寄人篱下的环境中成长，养成了古怪暴躁的脾气，“令人害怕，难以相处”。邦子二十四五岁的时候，因为父亲外遇，家庭情况愈加“恶劣”。以至于妹妹和子“眼中老是看见父亲的缺点，父亲的所作所为都令我感到厌恶，讨厌得不得了，甚至质疑责怪，妈妈为什么会跟这种人结婚呢？不满的心思如漩涡越来越大，如今已快要爆炸”。快要爆炸的和子终于忍不住问邦子：“姐姐，你对出生在向田家有什么想法？”邦子深呼吸一口气，认真地回答：“我觉得很好呀，在喜悦的情况下出生、在父母的关爱下成长、像一般人一样生活，我觉得很感激。父亲从贫困走到我们认为稀松平常的现在的地位，不知经过了多少的辛苦。他是不服输的勤奋家，也许有些怪毛病，但他是靠自己的力量爬到现在的位置。我觉得父亲很了不起……任何事情都会因为正面的想法、心情而有加分的效果。因为能加分所以才好玩、才有趣。出生在这个家，我觉得运气很好，必须善加运用才行……”同在一个屋檐下生活，和子心里，有的尽是对父亲的要求和苛责，而邦子，设身父亲身世的凄凉，更体味了父亲的不容易。相比起来，她们的出生，比起当年的父亲不是更加幸运和幸福吗？

和子说：“我感觉身上像有一股电流窜过。姐姐的话总能让我有一百八十度的改变，重新出发。”

“我们家坑坑疤疤的，冷风常常穿过缝隙吹进来，有一堆问题。所以常常要花脑筋想想，彼此安慰。在这里，我们学会发觉、理解人们的伤痛……”正因为有了这样坑坑疤疤的家，邦子才可以以自己的家庭为活板，写出那些形象生动、情感幽微的家庭生活剧吧？家家有本难念的经，人人心里有道不得的难堪、委屈、酸楚和困顿，这就是人生，这也才是人生。“如果什么事都没有，也许就在不知不觉间结束了”，那样才真的没意思吧？所以，邦子自己，连同她的写作，由始至终都回到人性，回到人间，她体谅种种人，种种不易。在她笔下，各色家庭、各种人生的主人，各自惆怅又彼此慰藉，在体谅别人的同时，也救赎了自己。人人坚持着并不是那么美好的人生，但，总会有值得的地方，也总会有带着泪微笑的时候。这就是邦子特别温厚感人的地方，让人读着既心酸又温暖。

这种心酸又温暖的质地，读她的散文集《父亲的道歉信》，感受最为深切。文集的许多篇章写到她“坑坑疤疤”的家庭，写到她脾气火爆的父亲和勤勉细心又过于谨慎的母亲。因为父亲和母亲性情反差太大，以至于家里的几个孩子都想不通：“为什么性格如此迥异的两个人会成为夫妻呢？”邦子写，母亲因为害怕被骂而紧张，往往关键时刻偏出差错，有一次过新年，母亲爬梯子时不小心滑落东西，把刚贴上金箔的屏风撞破，开春一大早就被父亲骂得狗血淋头。父亲64

岁时因为心脏病发作突然离世，一家四口围坐在父亲身边，没有人开口说话，也没有人流泪。弟弟对母亲说："应该拿块布盖住脸比较好吧。"结果母亲神情恍惚地站起身，恍惚中，竟错拿了抹布盖在父亲脸上……葬礼结束一段时间后，提起这回事，母亲似乎并不记得，她神情戚然地表示："如果你爸爸还活着，一定会生气。我一定会被揍的。"边笑边说的同时，豆大的泪珠从眼角滑落。邦子说："年轻的时候，我也认为母亲真的是不够机灵，但是到了今天，我才意识到父亲所爱的原来正是母亲的这一点。""你实在够笨的了"，出口怒骂，甚至动手打人的父亲，其实比谁都清楚，如果没有了母亲，他根本就一筹莫展。

我们没有在场，但读着这些片段，我也有豆大的泪珠从眼角滑落。喜欢用长镜头在逼仄的空间里拍家庭生活剧的导演是枝裕和，在谈到邦子的创作时曾说："价值观不单一，这一点非常重要……家里人，其实是最麻烦、最难缠，最不能坦诚相待的。但家人仍然要生活在一起，在一起令人安心。这就是她作品中最迷人的部分。"价值观不单一，多么好！又多么难！

邦子刚工作的那几年，是家里生活最困难的时候。在邦子离世后，母亲回忆说："我不想让邦子担心钱的事，但她却拿出存折跟我说，她很会找收入不错的外快。而且还存了钱……她就是这么贴心。有时觉得她这么晚回来，一定很累了，还是不得不跟她诉说心中的苦闷，可是邦子的脸上却没有不高兴，一定会好好地听我把话说完。邦子身为我的女儿，但我觉得她其实是超越了女儿的身份。"母亲的回忆里，邦子对家人的担待和担当，也让人觉得格外温暖。家，尽管是一家人，也总得有人格外用力支撑，甘心付出才能让它在风雨飘摇中一次次平稳靠岸，一次次柳暗花明。而一个人对家庭和家人的态度，常常可以映照出她对社会其他方面的态度，不是吗？

邦子一生没有结婚。唯一的恋爱就是《向田邦子的情书》里的那位 N 先生。N 先生是一位纪录片摄影师，比邦子大 13 岁，和邦子相爱时已有家室，但听说已经分居，却因各种原因，无法离婚。邦子担心自己的存在会给对方女子带来烦忧和痛苦，曾经主动提出分手。但分手后，N 先生一度患病，难以自理。不得已，N 先生的母亲来找邦子商量，并拜托她陪伴和照顾 N 先生。所以，N 先生病重的最后两年，还是邦子，像真正的家人那样，担起了照顾 N 先生的重担，直到他去世。而 N 先生对文艺审美的见地，也给邦子的创作带来莫大帮助和鼓舞。《向田邦子的情书》就是他们关于那两年的日常点滴记录和通信。N 先生去世后，邦子一直保存着这些笔记和信件，她往后的人生，也再没有新的恋情。妹妹和子在回忆里写道：N 先生应该是让姐姐找到“创作”，成功培育姐姐的贵人。邦子是专情的，从未因别人而动心，这就是向田邦子。

在妹妹和子的记忆里，姐姐邦子从来只有分担、承担，从不向外人诉苦或表露自己的忧伤。她的忧伤，只在父亲和 N 先生过世时，被和子不经意间撞见过两次。和子说：父亲去世时，姐姐看不下家人失魂落魄的样子，一个人果断地着手丧葬事宜。告别式当天，姐姐端坐在客厅里父亲一向坐的位置前面，深深地低着头。感觉有人靠近，立即回复原来的样子。“姐姐当时的样子，我几乎难以忘怀。”

N 先生过世时，和子深夜醒来上厕所，从关得不够紧的纸门里，“看到姐姐整个人坐在衣橱前，双手伸进半开的抽屉中，一副失魂落魄的样子。一时之间我觉得好像看了不该看的东西一样。我从来没有看过她如此憔悴，几乎吓坏了……那是一个寒冷而漫长的冬夜。”读到这一段，真有惊心动魄的感觉，觉得那些被深深隐藏的悲痛，也带着人格的力量，让人钦敬和感动。一个人也只有学会默默承担，才能成全这身肉骨的尊贵。邦子就曾对和子说过："人从呱呱落地起便背负着苦难，区别在于有没有说出口，家家有本难念的经，该如何度过，就要靠智慧了，不要太在意。"

一点点读来，这样的邦子，给人的感觉是不是特别的"邻家姐姐"？特别的贴地气？她就是一个平常人家的女儿和姐姐。

然而，这样的邦子，还是一个优秀的剧作家。年轻的邦子一直在积极的追求着"什么"，学习裁缝、做帽子，写剧本……为了追求"什么"，连睡眠时间都可以牺牲。"她趁着家人都入睡、安静的深夜里，一个人躲在玄关前一坪半大那个没有热气的地方开始写作。"乳腺癌动手术，不慎引起并发症，右手瘫痪后，就坚持用左手写作。《父亲的道歉信》，即是她用左手写出的散文集。这本散文集，文笔特别清淡、特别耐读，我也特别喜欢。其实，好的文笔，好的情感，好的人生都是相通的，耐得住清淡，才会有深长的回味，恰如，这隐藏在平淡日子里的了不起的人生。

有人把邦子喻为大和民族的张爱玲。是的，她们都极具天赋，但天才与天才又如此不同。张爱玲的警醒让她在繁华中看透人世苍凉，而邦子的温厚，则让她内心的星光透过苍凉的云层，抵达那些隐含于辛酸角落里的细微温情。邦子用更大的力气去热爱生活，而不是爱她自己。但生活，最终又把这种爱返还给了她。

邦子一生创作了三十多部剧本、二十多部小说和随笔，是 20 世纪 70 年代日本"三大名编剧"之一。1980 年，日本文坛的最高奖项直木奖颁发给了向田邦子。

1981 年，邦子在去台湾的途中，因空难猝然离世，享年 51 岁……

几十年来，观众和读者对邦子的热爱和怀念，从未消减。而今，日本最高荣誉的编剧奖"向田邦子奖"便是以她的名字命名。

记得周励在《曼哈顿的中国女人》中说，因为太喜欢莉莲·海尔曼《朱莉亚》里的朱莉亚，她初到美国，就给自己取了一个一模一样的英文名字——朱莉亚（Julia）。我呢？因为太喜欢邦子，只好遵循内心的旨意，在这个漫长寒冷的冬夜里，写这样一篇“情书”，给邦子的情书。冬天，正适合以这样温暖的方式和喜爱的人告白。

对着邦子的黑白相片，我想告诉邦子，我 45 岁时遇见她，但我仿佛从一开始，就是个向田邦子迷……

去似朝云无觅处

她像一滴晶莹剔透的泪，滴落在苏东坡的心上，滋养出许多悠长绝丽的千古词句。生来只为与君遇，她短暂的一生，浓重的爱情，都只为来到这世上遇东坡，来成就一段才子佳人的传奇。比起王弗，比起王闰之，她卑微的身世，使她对东坡的爱更显深沉厚重，婉转生动，荡气回肠，令人唏嘘。她就是苏东坡生命里最后的女人——王朝云。朝云这个名字，是她一生的写照——早上的云彩，清新空灵，却漂泊易散。

初遇东坡，她 12 岁，是娱乐游湖客人的歌班舞女。在西子湖上，她轻盈的舞姿、清水般的气质，像一朵娉婷的白云，落入诗人的眼，让东坡无限怜爱，他收留了她，把她带回苏家。东坡的第二任妻子王闰之，一见之下也非常喜欢聪慧灵秀的小朝云，把她安排在东坡身边，专做他的贴身侍女，后又纳她为妾。善良贤惠的闰之呵，这等心胸和气度的确让人起敬。

当时的朝云不仅有着“浓妆淡抹总相宜的”清心清丽，偏还灵巧聪慧，多才多艺，能读懂东坡那些“不合时宜”的心事。东坡在一首诗里说，“知我者，唯朝云也”。想想，男女之知，总是因为心灵的契合，心灵的契合总是因为情意的相通，情意的相通就是“灵犀”了。然而，若不爱那个人，又怎会心有灵犀？古时女子 16 岁便可嫁人，王弗就是 16 岁时嫁给东坡的。12 岁的朝云，也该是含苞欲放，情窦初绽的年龄吧。在西子湖畔，当东坡听她弹琴填词，把她比做美丽的西子西湖时，也许她已为他的绝世才华所倾心。更何况，他还以怜香惜玉的心怀把她带回了苏家，让她远离歌台舞榭的生活。这于朝云，是何等恩情！

想象得出，在服侍东坡的时光里，她该默默地融入多少柔情蜜意。但她的身份终究只是“侍女”，在闰之和东坡浩大的夫妻恩爱里，她的爱一定婉转、隐忍，纯净、深沉，和着许多的眼泪。正如东坡诗里说的“花前对酒不忍触，共粉泪，两簌簌”（《贺新郎·夏景》）。但对于她，只要能待在他身边，即便只是默默为他倒酒添茶，研墨铺纸，也会在心里落满幸福吧？

闰之病逝后，58 岁的东坡泪尽目干，极尽伤悲。而当时的苏家早已人老家败，境地凄凉，东坡身边的姬妾均已另拣高枝散去，唯有朝云，像一珠顽强而执着的小草，一直坚守在苦难连绵的东坡身边。几十年的默默痴守，至此，朝云才成了东坡真正意义上的伴侣。她用了几十年的无怨，成就了自己的痴心无悔，在东坡被流放的艰苦岁月里与他舍命相守。如果不是另外一个女子的出现，东坡写词，朝云谱曲而歌的日子，虽然清苦，也是圆满幸福的吧？然而，另一个温女子的出现，让朝云晚来的圆满里多了几道泪痕，几缕咸涩。但我认为，这个小小的插曲对于这份爱情来说非但不是瑕疵，反而添出一点人间烟火的味道来。

据说那温女子也是一个美丽多情的女子，久闻苏东坡的大名及诗词，因敬仰而心生情愫，听说东坡被贬到惠州来，万分欣喜。也许是对诗词的共同热爱，让她和东坡也有了些微妙的交情，东坡在窗内吟诗，她便悄悄在窗外聆听，这份深情也颇令人动容。佳人慕才子，才子恋佳人，东坡对她因怜而生恋也是自然的事。后来风声传到了朝云那里，原本也没那么严重的事儿，经传言者的添油加醋，再加上女人天生的丰富想象力，朝云伤痛之极，整日流泪，竟忧郁成疾。

为了打消朝云的顾虑，苏东坡亲自给温女物色了一位男子，希望温女与之成亲。然而，温女"拣尽寒枝不肯栖，寂寞沙洲冷"。东坡转去海南后不久，温女便香消玉殒。苏东坡听说后，感慨之余，为她赋了一首《卜算子·缺月挂疏桐》。

朝云深深为《卜算子·缺月挂疏桐》里所表达的真情所感动（这种感动，该包含着多少善良？凡俗之辈，恐怕难有这等心怀），抱病在身仍强起练字，深情吟唱夫君的新词：

白发苍颜，正是维摩境界。空方丈、散花何碍。朱唇箸点，更髻鬟生彩。这些个，千生万生只在。好事心肠，著人情态。闲窗下、敛云凝黛。明朝端午，待学纫兰为佩。寻一首好诗，要书裙带。

不知何故，朝云竟一病难好，苏东坡每天亲自为她熬汤煎药。年岁老去，旧事遥远，此时的他，只求能和朝云"小符斜挂绿云鬟。佳人相见一千年"（《浣溪沙·端午》）。朝云病情稍好的时候，苏东坡在欣喜之下，填了新词《蝶恋花》（"花褪残红青杏小。燕子飞时，绿水人家绕。枝上柳绵吹又少，天涯何处无芳草！　墙里秋千墙外道。墙外行人，墙里佳人笑。笑渐不闻声渐悄，多情却被无情恼。"）让朝云来唱。久病憔悴的朝云，抚琴而歌，当她唱到"枝上柳绵吹又少，天涯何处无芳草”时，竟觉内心悲凉，一时泪满衣襟。

让人唏嘘的是，这首《蝶恋花》却成了朝云和苏东坡的爱情绝唱。不久之后，朝云抱疾而亡，终年 38 岁。朝云死后，苏东坡把她葬在西湖南畔栖禅寺外的一片松林里，亲笔为她写下“伤心一念偿前债，弹指三生断后缘”的墓志铭。此后，苏东坡没有再续娶，而且终身不再听《蝶恋花》。

朝云去了，陪伴苏东坡的是无尽的思念。“不合时宜，唯有朝云能识我；独弹古调，每逢暮雨倍思卿。”“天与化工知。赐得衣裳总是绯。每向华堂深处见，怜伊。两个心肠一片儿。自小便相随，绮席歌筵不暂离。苦恨人人分析破，东西。怎得成双似旧时”（《南乡子·双荔枝》），这些词便深深地寄托了他对朝云的思念之情。

传说，苏东坡常常会在梦中与逝去的朝云相会。每次相会，朝云因蹚水而来，衣衫总是湿透。东坡便决定在西湖畔修筑一条长堤，让朝云沿堤来与他相见。后人把这道长堤称为苏堤。苏堤不仅是东坡与朝云的爱情化身，还造福了依湖而居的历代人民。

有人说，在苏东坡生命中的三个女人，他最爱朝云，因为他为她写的词最多。我倒是觉得，东坡对王弗，对闰之，对朝云的爱都是一样的深情，真挚，不分等别，不排次序。在他生命不同阶段里相守的女人，他都是全心全意的怜爱，都是感天动地的深情，他为王弗写下的那首《江城子》，成了爱与思念的千古绝唱，他遗言死后要与王闰之同穴而葬，不也是他深爱的表现吗？东坡的爱情告诉我们：人的一生，不会只爱一次。真正美好的爱情，也不一定是一生只爱一次，或一生只爱一个，而是，每一次爱，都真诚深切，全情投入，每一次爱都是另一个完整。苏东坡生命中的三个妻子，都是非常贤淑美丽的女子，并非是因为东坡命好，而是因为，东坡是真正懂得爱的人，这样有情有义又有才华的男子，怎不让女子恋慕?

写到此，突然深深地羡慕起古人的爱情来，羡慕王弗小松冈的万棵松树，不思量，自难忘；羡慕王闰之的“惟有同穴”，享来世之恩；更羡慕朝云夫写妇唱，和那一道风雨不摇的千古长堤。

但这样的爱情已经远去，远成了历史深处遥远的绝响，像朝云，去了，再无觅处。

谁是心上那朵梅

——记纳兰及其短暂一生中的美好女子

纳兰容若，不管心里亲称他纳兰，还是容若，轻轻唤出来，都有一种清心儒雅的韵味在那名字里回旋。纳兰容若，总觉得他应该是月色一样的男子，面容清朗，心怀温润，翩翩出尘。他的词，每一阕的长吟短句思浓浅叹里，总有一叹会轻轻击中我们心底的幽思。谁道人间无情？品读纳兰，那些打湿无数青衫长袖的晶莹泪，哪一滴不是关乎情？纳兰在周岁抓周时，在琳琅的精美物件里，他一手抓住毛笔，一手拿起珠钗，而他短暂的红尘苦旅，他悲欢离合的一生，几乎都是用来履行这一只彩笔的风华绝代和这一柄珠钗的深情挚爱。

每个人的出生，冥冥中，都是为着某种情结和使命而来，天机不可逆转，所以，无论纳兰出身如何富贵，才华如何出众，该他还的债，该他受的苦，他一样也躲不过。情债，词债，命债。当他还清命债，把尘世的三十一年春秋化一缕清魂随月光远逝，隔着几百年的时光，我们能从他的词集里品读怀想、感念的，也唯有他那梅花三弄，三起，三伏，三落的几段凄美情事了。

纳兰生命里的三段爱情，三个女子，均有着梅花清影蕙质兰香的风韵，她们以不同的姿态散落在他不同时期的词句里。当夜深灯静，香茗盈握，时光在心底流转，我喜欢沿着纳兰的韵脚，轻轻追寻她们遗落的香痕，感知她们的美丽与坚贞，和她们同一脉喜，共一种忧。

相逢不语，一朵芙蓉著秋雨

纳兰的初恋，是一朵宛若秋雨芙蓉般的女子。她遗留的痕迹很轻很少，甚至没有确切名字，也没有明朗身世。我们只能凭纳兰那一首“相逢不语，一朵芙蓉著秋雨”里去感知她。白落梅说，她是和纳兰青梅竹马一块长大的，就叫她青梅吧。那就随落梅叫她青梅吧。青梅是纳兰的表妹，她从小被寄养在纳兰府，和纳兰应该有过两小无猜的难忘童年和情窦初开的如花少年。纳兰风华才俊，青梅清端丽绝，她们情窦初开的喜欢该是多么相谐。然，青梅和纳兰的身份差别，就像宝玉和黛玉。她只是寄养在纳兰家的遗孤女子，而纳兰则贵为清皇朝的将相之子，他的婚事，按理应由皇上恩赐，娶门当户对的皇族女子为妻。当纳兰家人觉察到两个不可能结连理的少年暗生情愫时，便当机立断地把青梅送走了，她被纳兰家人送进宫参加选秀。

一朵著秋雨的芙蓉，终被选入宫中，成了当朝皇帝，和纳兰一样才俊杰出的康熙的爱妃。就这样，两朵因爱早在心里并蒂的莲，还未来得及编结半寸兰襟，就被一刀剪断，彻底离散。人间最痛最苦的爱情莫过如此：爱才刚刚开始便要离散，思不能见，想不能语。纳兰和青梅同在京城，相距不远，纳兰作为康熙的贴身卫士，他的脚步几乎每天都会踏进她日夜生息的地方，但她和他隔着的那堵墙，那扇门却是他们永远无法踏越的。

想来，青梅的际遇对她的身世来说应算是上好的。身在帝皇边，那是多少女子终身都不敢做的梦？况且那是康熙，千古一帝的才俊康熙啊。但青梅离开纳兰府后，从此便极少欢颜，极少言语。不管她身边的男人多么优秀多么权贵，她心里，始终只有一个纳兰，她的冬郎表哥。爱一旦认定，就此落地生根，一生难易，难移。爱的固执，爱的艰难，正因为它毫无章法，只关乎心。若不是那个人，人生再好的附丽也如同虚设。

失去青梅，是纳兰人生的第一劫。痛苦无处排遣，他大病了一场，一病数月。多次纠缠纳兰，到最后让他以命还尘的寒疾，就是在那一年开始落下的病根。我不知道寒疾是一种什么样的病，想象里，一定是心身疼痛，心身冰冷，心身绝望。

花丛冷眼，自惜寻春来较晚。知道今生，知道今生那见卿！

天然绝代，不信相思浑不解。若解相思，定与韩凭共一枝。（减字木兰花）

彤云久绝飞琼字，人在谁边？人在谁边？今夜玉清眠不眠？

香销被冷残灯灭，静数秋天，静数秋天，又误心期到下弦。（采桑子）

人在谁边？人在谁边？这爱，想来多少悲戚！此生最爱的人，最想守，最想疼，最想朝朝暮暮携手与共的人，却唯独她，不在身边！问世间情为何物，直教人生死相许？不能与共，何处相许？红尘情字最铭心，却偏又多遗恨：我们最爱的人，往往不在身边。我们每天可以见无数不相关的人，说无数不相关的话，而那个我们最想见的人，最想说的话，却偏偏念尽一生也无法再见一面，再言一语。知道今生，知道今生那见卿！写到此，不禁两行清泪，为纳兰，为青梅，为离散，纷落如雨。知道今生那见卿！今生，纵是把青丝都念白也再见不到了！

西风多少恨，吹不散眉弯

二十岁时，纳兰受康熙皇帝赐婚，娶了两广总督、尚书卢兴祖十七岁的女儿为妻。“容若，我是意梅。”当她微笑着把自己的手交给纳兰，她就知道这一生，她将把自己的所有，柔情，体贴，贤淑，坚贞连同一颗无私明慧的心都付与纳兰，她做到了。她用她的温婉善良，轻轻抹去青梅在纳兰心里留下的隐痛。意梅知道纳兰心里，一直有个青梅表妹，但她从不盘问，即使看到纳兰为青梅写下的那些词句，也从无责怪之辞，因她懂得纳兰，懂得爱一个人的滋味。其实，在见到纳兰之前，只凭听身边人谈起纳兰，他的才气，人品，心怀，无不让她心折。上苍恩赐，让她这一生可以守在她无比敬仰和爱慕的男人身边，她除了感激，除了无怨无悔地爱他，还能有什么呢？

腊月出生的纳兰，特别偏爱梅花，那些走进他生命里的女子，也都是梅一样的女子。青梅是，意梅也是。品性的相投相知，让纳兰和意梅在婚后的日子恩爱有加，属于他的幸福似乎不会再走远了。然，幸福总是比忧伤吝啬，每个人都可以拥有，却不会太长久。婚后的纳兰，被一直赏慕他的康熙皇帝招到身边，做皇上的三等卫士。因常常陪同皇帝各处游历。他和意梅，聚少离多，有时一年半载两处闲愁。

别绪如丝睡不成，那堪孤枕梦边城。因听紫塞三更雨，却忆红楼半夜灯。

书郑重，恨分明，天将愁味酿多情。起来呵手封题处，偏到鸳鸯两字冰。（鹧鸪天）

塞鸿去矣，锦字何时寄？记得灯前佯忍泪，却问明朝行未。

别来几度如圭，飘零落叶成堆。一种晓寒残梦，凄凉毕竟因谁？（清平乐）

纳兰对爱妻的想念，填满了他一阕又一阕清词。生离已经不堪，更让他不堪的是，老天在他还没有来得及好好疼爱意梅的时候，竟毫无征兆地，把她从他身边永远带走了。意梅因为难产，产下孩子后便在家人的痛楚和无奈中，溘然长逝了。纳兰抱着爱妻因失血过多而冰冷的身体，玉碎的心，再次陷入冰寒绝望。他连问为什么的力气都没有了。心已死，只有默默接受老天对他的无情。他和意梅，只做了三年夫妻，三年，这对一对恩爱的夫妻来说，实在太短，又加上婚后的聚少离多，他们真正在一起的时间历历可数。

泪咽却无声，止向从前悔薄情。凭仗丹青重省识，盈盈，一片伤心画不成。

别语忒分明，午夜鹣鹣梦早醒。卿自早醒侬自梦，更更，泣尽檐前夜雨铃。（南乡子·为亡妇题照）

飞絮飞花何处是，层冰积雪摧残。疏疏一树五更寒。爱他明月好，憔悴也相关。

最是繁丝摇落后，转教人忆春山。湔裙梦断续应难。西风多少恨，吹不散眉弯。（临江仙·寒柳）

爱妻早早离世，亦是他今生必还的情债吗？是前世情债太重，才让他今生感情如此多折？若如此，也只能认命。然，虽知生死由天，宿命难违，但纳兰还是被命运再次击倒了。死别的疼痛和打击让纳兰再次病倒，这一次的寒疾来得更加深重，一度把他拉到生命的边缘。就在所有人都束手无策，只能听天由命的时候，却有一个人，用自己温暖的怀抱将纳兰从冰冷中唤醒。这个人，是青梅。深知她和纳兰兄妹情深，在纳兰命悬一线的时刻，开明的康熙恩准青梅回纳兰府见表哥最后一面。当青梅俯下身，第一次把这个一直深藏在心底的男人紧紧抱在胸怀，用她温热的脸贴着他冰凉的脸，无语言明的辛酸、心疼和不舍，让她止不住的热泪，汹涌而下，滴落在纳兰早已苍白无神的脸颊、唇边。也许是尘缘未了，也许是青梅的爱感动了上苍，纳兰竟然睁开眼睛醒了过来。他醒了，看到青梅，还以为是在梦中。多少悲欢交集，但她不言，他也不语。匆匆一见，又要分别，也许这一别，真的就没有再见的时日了。但只要彼此还安好地活在同一个尘世，分别再久，也都情愿。

病愈之后，纳兰重新面对爱妻的离世。他支撑着瘦弱的身子，捧读《楞伽经》，自号楞伽山人，在梵音经卷里寻求宁静。西风多少恨，吹不散眉弯！也许吧，每个人来到世上，都是要付代价的，那就是此生必承担的苦难。不管多苦多难，命里该自己承担的，都必须咬牙承担。当你承担起来，时间会在一边，帮我们慢慢把伤痛平复。

一生一代一双人，争教两处销魂

在妻子逝后的几年里，家里也为纳兰续过两个女子。但，也许是性情不投，灵犀不通，也许是她们平俗的姿资无法走进纳兰的内心，纳兰终究无法让自己在心里有从前的那种脉脉欢喜。他更喜欢约几许文人墨客，知心好友品诗弄词，清茶淡酒。顾贞观便是他这些好友里，情谊相通的一个。因了顾贞观的引荐，纳兰知道在江南，有一位因才貌出众，早已闻名于江南名流界的艺伎——沈宛。不久之后，纳兰在随康熙下江南时，慕名寻到沈宛。在清波灵渺的西湖上相见，两人一见钟情。一切都是那样合理合情。沈宛虽是艺伎，却端庄高雅，能诗能词，能歌能舞，琴棋书画，无所不通。这样灵秀的女子，本就该遇着纳兰这样的温润清明的男子吧？而沈宛这样才情和芳华双绝的温婉女子，也是纳兰这样的诗意之人一直在心底所期盼的红颜吧？他们在江南相依相惜，享了一段远离尘世，梦一样轻盈而美好的日子。然，天下没有不散的宴席，分别的日子总是紧跟在幸福后面，一转身，即是鱼雁南北，所有曾经相聚时的欢乐，一别，就都化成了惆怅和相思。沈宛知道自己和纳兰家族不仅门第有别，而且身份有差。满人和汉人，在当时是不能通婚的。所以，她不会对纳兰有所要求。只是轻轻道别，轻轻微笑送他离开。但此后，沈宛便不再与往日那些风流名士来往，她让自己幽居深闺。无怨无悔地守望远在天涯的纳兰。而纳兰，只能把对沈宛的思念化入他长长短短的诗句。

明月多情应笑我，笑我如今，孤负春心，独自闲行独自吟。

近来怕说当时事，结遍兰襟。月浅灯深，梦里云归何处

寻？（采桑子）

谁翻乐府凄凉曲？风也萧萧，雨也萧萧，瘦尽灯花又一宵。

不知何事萦怀抱，醒也无聊，醉也无聊，梦也何曾到谢桥。（采桑子）

离别的刻骨相思，让纳兰终无法放下独在江南的沈宛。在家人的反对声中，他不顾自己名利地位的世俗牵绊，把沈宛接到京城。纳兰府不接受沈宛，他就在把她安置在纳兰府外的一座别院里，在那里过起他们自己的夫妻生活。纳兰和沈宛，为了不辜负上苍赐予的这迟来的爱，他为她有情有义，她为他放弃荣华，不计名分。这样的爱，几乎算是圆满的了。只是上苍，总是对有情人如此吝啬。这样的幸福，亦是来得匆匆，也去得匆匆。而这一次，去的，是纳兰。沈宛在江南春风正好的三月来京城，仅与纳兰共度了一段简短的幸福岁月。五月，纳兰寒疾复发，毫无由因。这一次，他只病了七天，三十一岁的正好年华便永远清寂了。这，就是宿命。该来的，一定会来，该去的，也一定会去。

那年秋天，沈宛产下她和纳兰的遗腹子之后，便离开了京城，纳兰已去，京城对她而言已毫无眷恋。她把他们的孩子留在纳兰府，一叶扁舟南下，从此音杳江湖。

惆怅凄凄秋暮天。萧条离别后，已经年。乌丝旧咏细生怜。梦魂飞故国、不能前。

无穷幽怨类啼鹃。总教多血泪，亦徒然。枝分连理绝姻

缘。独窥天上月、几回圆。（朝玉阶·秋月有感 / 沈宛）

在纳兰死后半个月，另一位女子也香消玉殒伴随他而去，她，是青梅。她没有自杀，没有生病，也没有受人加害。没人查得出她的死因。只有她自己知道，她为何而死。问世间情为何物，直教人生死相许！生死相随！

随着纳兰的离去，梅花三弄的故事，也轻轻落幕了。对纳兰而言，她们都是他心上清莹的梅，紧紧相连，却又各自美好。

福因才折，情深不寿。纳兰短暂而波折的一生，真是应验了这隐藏天机的红尘俗理。然，谁来这世上，又能免除这无数的生离和死别？要说遗憾，哪一场生命不是布满遗憾？生命本身便无法抵挡长长的岁月，又有什么可以抵挡？再浓烈的悲欢离合，100 年的岁月轻轻一抹，也便云烟散去。一天一天走下去，走到最后，我们都会化一缕轻烟消逝在风中。这一生，我们谁也不知道长短，只能用心在当下，无悔在当下。在我们还活着的时候，可以深挚地爱过，付出过，得到过，也已经足够。

谁道人间无情？隔着几百年的光阴去读纳兰，去走近纳兰，在一次又一次的心疼里，我坚信不疑，人间有情，有深情，有真情！

借友为文章题的一阕词收尾，聊以为寄：

谁是心中那朵梅？寄语霜风，风也敛眉。
花开不合遇东君，空把韶华，错过芳菲。
谁是心中那朵梅？寄语清词，空带愁归。
莫因来去字空啼，来也无悔，去亦无悔。

旗袍女子

南方的夏天来得早。四月伊始，滔滔不绝的阳光已经慷慨地洒向这座朴素的小城、朗朗地照着小城的花枝，花枝下的我。

阳光慷慨，花儿也开得殷勤。湖边的紫薇，早在三月就长好了新叶，结好自己的蕾。到了四月，便鼓起粉嘟嘟的腮，跃跃欲绽了。五月，紫薇倾城，夏天也就来了。

世上的百年，我们和尘游走，想想，真的再没有比花开更纯粹更美好的事了，所以，总要趁着花开做点相宜的事来欢喜才好。所以，我每天路过湖边时，总要对着枝头蓬勃的花蕾念叨一遍：“待到紫薇花开，我就穿上旗袍……”那么想时，心里会涌出如泉的汩汩清欢来。

把一件旗袍和一场花开连在一起，并无特别的缘故。我只是喜欢把一件小事，做得充满仪式感，在仪式里感受内心的诚挚与热爱，感受平常时光的幽味与情趣，感受细微美好的充盈和感动。我之一生，大仁大爱，大智大勇要修，小情小爱也不愿丢。人生有味是清欢呵，于我，这清欢，这有味，并不在轰轰烈烈处，恰在这些小情小爱里，小到一场花开，一件旗袍。

我相信，衣裳是无声的言语，它诉说的，是一个人内在的精神与格局。善着素衣者，其心，定多为素静淡泊心；奢爱华服者，其人，必多为钻营富贵者。所以，在大街上遇到身着华服华珠，手拎华包的女子，无论怎样漂亮，都无法打动我。但，每逢看到一个素雅女子把一件棉麻旗袍穿得十足妥帖又相称的，总忍不住驻足多看几眼，一颗心，就如沁了梅香莲气，让人有了清宁，珍爱、敬佩和欢喜之感。因我懂得，在那份妥帖与相称里，有着怎样漫长的来历与坚持，又有着怎样丰沛的底气在支撑着。

看梅子穿“前世今生”的素白旗袍端立于廊前窗畔时，就是这样的一种感觉。她那种行走于尘世却不染尘埃的贞静端庄气质和知性优雅韵味，与她身上的素棉旗袍，那般内外相宜，相契，相安，让人珍爱欢喜得不得了。

和灵子一样，梅子芳龄四十有余，不年轻了，但自打认识这个女子，我就从未觉得她老过。那眼神与笑意，永远都是孩子一样的柔软与纯净。看到她写：“我有一种预感，觉得自己这一生都会是极其幸运的女子”，她对幸运的自信与洒然，着实让人讶异。但仔细一想，又觉得于她，真真是那样的。一个女子，对尘世的态度一直那样分明，那样取舍有度，那样简单清澈，温柔怜爱，知足安心，任你翻检她的每一点心意每一寸骨头都寻不出一丝恹气、一丝贪婪、一丝心机、一丝喧哗来，好到那个份上，老天岂忍辜负？幸运不格外垂青于她才怪。况且，她自己所谓的幸运，实际上多是缘于她对人对世对物惯常怀有的一种感恩。梅子小时候的家训是她父亲那一句“人走到哪里，就要把教养带到哪里”，而“教养”这两个字，正是梅子这几十年来为人处事的生动写照。好教养，与之同行，总让人如沐春风。而今，梅爸爸关于“教养”的家训已被我“挪用”到自己和儿子身上。感谢梅爸爸，他一定不会想到，他的家训惠泽到我们几代人啊。

梅子的好，细到让你想象不到。她出门，看到邻居放在门口的垃圾，会顺手提下楼去。这小小的举动，让我异常感动。此后，我每次出门，看到邻居放在门口的垃圾，便也像梅子那样，自然地顺手提下楼去。那样的时候，我就会想到梅子，想到梅子的种种教养，欣悦而温暖。梅子的文，人读人爱，她是美不离心，书不离包的女子。一次，她坐车的时候给我发来信息："我坐在车上读爱默生，忽然走神儿，想起你，心里涌满喜悦，觉得生命如此美好，忍不住想告诉你一声。"读着她的"忍不住"，我被她这一派天真可爱感动得一塌糊涂。女人，生就一颗简单澄澈又如此温柔感恩的心，真是好福气，好气质。

梁忆言，梅子穿上白旗袍，竟有了不食人间烟火，不染尘埃的仙气。其实，哪里是旗袍给梅子带来仙气呢？分明是梅子的好气质、好底蕴，赋以旗袍仙气才对。

那天，说到旗袍，梅子跟我说她看过静飞穿旗袍裙的背影，也是风韵绝佳的。梅子所言，也恰是我对静飞的感受。记得第一次看到静飞穿中式古典唐装的相片时，我便惊呼她是从唐诗宋词里走出来的旧时女子。那种温婉典雅，同她笔底吟赋出的古典诗词真乃相融如一。以后，又看过她着唐装棉袍围木红棉巾静坐于花树下的样子，真让人喜爱。有着诗心词韵的江南女子，可想，那风韵是多么契合于一件旗袍的优美和情味！同静飞在一起，总让我恍惚时光倒流，回到唐宋，回到民国，回到琴棋书画蕴养着女子的时代里去。她在自家的小园里，栽梅种竹，植茶花、月季，养莲和水仙……她养花弄草是一绝，她的吟花诗词更是一绝。只就梅花，她就写了整整一本梅花吟稿——《砚雪楼梅花吟稿》。吟稿，被她自己用漂亮的小楷抄录好，手工缝制成书，寄予梅子。第一次在梅子处见到静飞那本纯手工制作的《砚雪楼梅花吟稿》时，那古雅韵味，那被她用芬芳笔墨一笔一画写出的纤秀小楷，都让我觉得不可思议极了——而今，竟还有这样的女子，诗词填得那样好，砚台笔墨弄得那样好，一颗沉静于时光深处的心，保存得那样好。而我绝没有想到，之后，竟有缘同静飞结为兰友。结识之初，她知道我喜欢叶嘉莹先生的诗词，便要给我寄一期刊有叶嘉莹诗词选的《中华书画家》来。因为她自己也正好在那一期发了几首诗词，所以获赠两本样刊，可以给我寄一本。待要寄时，她才发现样刊已寻不到。她让我再等等，等她想办法从别处购就给我寄过来。知道她是言出必行的品性，我就没有推辞。后来辗转收到那本杂志，真的好得令我讶异，爱不释手！翻开封面，静飞在副页空白处给题写了“世间所有相遇都是久别重逢”一行小楷，题字下，端端正正地落款，并庄重地盖上了“庄静飞”的私印。啊，这个女子，我从这些细节里感受她心中的情义，两眼潮湿……她的紫藤花吟稿里有一首《一剪梅》，我极极喜爱：

伫看人间四月天，凭卷珠帘，漫放湘帘。紫藤花下一年年，心在花田，花在心田。

何处轻风动珮环，云里飞仙，尘外瑶仙。流苏谁织万千千，霞绾芳年，香沁流年。

“心在花田，花在心田。云里飞仙，尘外瑶仙。霞绾芳年，香沁流年。”真是美呀，不是吗？吟的是紫藤花，其实也是静飞自己的写照。她这样婉约古典的江南女子，焉可不相称于旗袍，不倾情于旗袍，不风韵绝佳于旗袍？

言我熟知的江南女子，当然还要说说秀。我因了梅子结识静飞，又因静飞结识秀，顺着好藤摸好瓜，似偶然又必然。未认识之前，秀就常常跑来看我的文，看罢，她跟静飞说，“觉得灵子是一种温婉如玉又明净豁达的奇女子。”听静飞转达此言，感动又感慨。即便我自己并没有那样好，但，每逢遇到能放下架子真诚赞美别人的女子，我总是特别感动。此时此世，肯用真诚的心怀来懂得别人并欣赏别人的，真的不多。只这一点，秀就让我觉得投缘。知道秀和静飞是好姐妹，我后来通过静飞，也给秀寄了一枚石子。因这一点算不上礼物的“礼物”，静飞说，秀感动得不知所措，切切问静飞：“灵子以后真的会来江南吗？”意即，到时她一定要一起好好陪灵子。后来结识之后，才更懂得，秀真是那种，你给她一点好，她都看得比天大的人。可爱的秀啊，一颗心要有多淳朴，才能常常感动得不知所措呢？不知秀知不知道，她质朴的文风同她淳朴的心一样，珍贵难得，每读，也会让我感动得“不知所措”。

认“亲”之后，秀主动发相片给我看，说我还没看过她的样子，让我正式认识一下。一见之下，啧啧，果然是典型的江南女子呀，娇小玲珑，五官细柔，一副乖巧清秀的模样。和同仁们一样，秀也是个地道的“花痴”“文痴”“美裳痴”。看到梅子穿旗袍，秀反应最强烈，立呼这个夏天，一起来个旗袍秀。好呀好呀！这么美好的事，当然一呼俱应！

喜爱旗袍，素来已久。旗袍是民国女子最典型的时装。民国啊，那是蕴养林徽因、张爱玲、冰心、阮玲玉等等这些绝代佳人的年代，是名媛和名流大师互放异彩的年代。民国的佳人们，无论是大家闺秀，还是小家碧玉，哪一个没有一张经典的黑白旗袍照？那临水照花般的清丽秀雅及韵味隽永，是当今女子难以比拟，难以模仿，也难也及止的。名媛逝去，再无名媛，大师远去，再无大师。然，她们于身后留下的那种风华与精神，愈是久远，愈是让人怀念不休，赞叹不已。“愈古老，愈美好”人文修养如此，圣贤风范如此，这种挥之不去的古典情结，大概便是我们钟情于一件旗袍的渊源吧。对我而言，它不仅仅是一件衣裳那么单纯，它承载的是我们对传统，对经典，对一个年代特有的美好气质的怀恋与爱戴。当然，我们今天穿上一件旗袍，也绝不可能变身为名媛，为绝代佳人。但，这有什么关系呢？我们生活在我们的时代，并不妨碍我们品位、欣赏和学习另一个时代的好呀。懂得好品味，懂得欣赏，并让这种品味与欣赏像呼吸的空气那样，自然融入生活的点点滴滴，不是也很好吗？

况且，旗袍可以“非常完美地诠释中国女性玲珑有致的身材和温婉柔美的知性气质”。旗袍是美，却颇不容易穿得妥帖，穿得合味。穿得不好，可能会像服务员，会显风尘味。棉麻和旗袍，对穿的人都是有要求的，除了恰好的身材，更需要骨子里的底蕴来支撑，它的灵魂属于安然静气、玉韵温婉。所以，为了穿好一件旗袍，小女子甘愿为之努力内外兼修，终生不懈也。虽不容易，但，旗袍与女子的特质如此绝配，女子的衣橱里，怎能少了它？

五月春歇花不歇。紫薇倾城，谁同我，旗袍共此时？我共谁，在一件旗袍里开启这一夏的清凉与静好？写到这里，思绪突然飞远了，远到千里之外的江南去。

来江南吧，来江南吧！江南的梅子、静飞和秀，不止一次这样召唤我。江南呀，我去过，从此，便在心头留下挥不去的乡愁。江南呀，我一定会再去。选一个春温花开的时节，我们穿着旗袍在江南相会，牵手向花，闻香对盏，话说当年，只言优雅不言老……哦，想想都美得不行啊。

什么是好情谊，它便是这般吧：我们生活在各自的城，写着各自的文；我们各自努力，各自美好，彼此独立又彼此懂得；忙碌时各自忙碌，兴起时，一呼成应，可以一起做一件饶有情趣的事；不那么黏糊，不那么死党，却舒适温暖。此情此谊，足以慰风尘。

亲爱的江南女子，我的故人，我已如约穿上了这个夏天想穿的旗袍。虽然我的小城，远没有江南那样秀美的山水曲巷来衬托一件旗袍的温文与典雅，但我毫不在意。我本无意成为别人的风景。成为自己心里喜欢的样子，对我来说才是最重要的。

今日，我穿青花旗袍。我静静穿过街道与人群，我低眉浅笑在花下漫步。想起你们，风日洒然，心里便开出一朵又一朵青花来，那感觉，真像梅子说的——生命如此美好。

生命如此美好，相逢如此美好，相知如此美好，穿着旗袍，如此美好。

你的花园，是送给人间的礼物

春愁不堪剪，水月住中央。

闻笛谁家院，持风一缕香。

雪岭同孤泊，冰怀异众芳。

冷看浮世绘，清梦守寒乡。

每次读静飞这首《庭中白梅》，就会想起静飞的园子。想起那些她一把泥一把土亲手细栽的花花草草。想起她说：看花如对意中人。

她是爱花草、爱园艺爱到骨子里的人，爱到甘心把家安在乡下。乡下僻静，地儿宽，空气好，适宜栽种花草，更适合安居。或许，对于情归草木的人，往往所求不多，给她一个四季花开，草木葱茏的园子，就足以安顿内心的岁月静好了。她的园子，春有海棠，夏有莲，秋有桂，冬有梅……你看，一个女子，晨昏对着这些“意中人”，该是怎样眉清目秀的日子？又怎会不如花？

都说女人如花，并不。只有美好的女子，心有暗香的女子才会如花。太精明的女人，刻薄势利的女人，都笨，怎么能如花？当然，我也有自己的“势利”，平生唯一势利的一件事，就是只和美好如花的女子来往，只给心添香，不添堵。

说到添香。仿佛又闻到静飞去年从她的小园子里折寄来的一剪梅。“江南无所有，聊赠一枝春”，这是我一生中，第一次目睹并深嗅的一枝梅，清冽幽香啊，熏得我欲泪。不禁回赠她一首小诗：“佳人遥寄一枝梅，倚门痴痴嗅几回。每怜春信绝香秀 ，玉壶冰心化雪飞。”花枝养在清水里，养到梅花落了，那细细的枝干又长出小小的绿叶，依然天天换水，又养了一段时间，直到后来叶子也落了，只剩下黑色的筋骨，可姿态依然风骨，舍不得扔，就一直插在静飞送我的灵山瓷瓶里了，那美，简而单，愈品愈丰富。

我喜欢有静气的人和文。静则生慧，慧则清，清则淡，淡则远，远至喧嚣之外，才能任岁月温柔流淌。静飞的诗、静飞的词、静飞的书法，连同静飞这个名字，无一不给我这样的感受。她是宝藏一样的女人，交往越深，知之越深，越让人惊叹。初读她那些典雅风骨的诗词已经让我诧异，后来收到她寄来的亲笔书信，那一手端庄秀丽的小楷，简直让我惊艳！更别说她那些让我望尘莫及的、精细且深厚的学养是多么让人钦佩了。“有些女子，身上总有那么些不一样的东西。说是古典也好吧。用董桥的话讲就是旧时月色。可惜，现在难看到了。”是难看到了。但我何其幸运，吾友静飞即是这般女子。或许，江南的灵山秀水，总是更容易浸润出一颗风雅的心灵吧！这心灵手巧、典雅静气的江南女子啊，她真的是爱一样是一样，做什么像什么。

说她爱花入骨，不仅因为她养花养得特别好。还因为她写的吟花诗稿堪称一绝，真如“如万斛泉源，不择花而出”。

咏莲，她写：

俗世多纷扰，瑶池谒太清。
林风静蝉语，流水淡鸥盟。
浣玉孤芳洁，明心妙谛生。
红尘十丈外，欣可晤莲卿。

吟水仙，则言：

生小苍梧泊水云，雪为衣履玉为魂。
三生石上花幽静，袂底馨香入碧痕。

咏桂花呢，她说：

慧心隐叶未张扬，魂伴清秋有暗香。
山寺月中人缱绻，庭园雨后韵绵长。
朦胧幽绪思佳客，聚散浮云望故乡。
今夕蟾宫谁折取，灵犀一点对鹅黄。

许是对梅花的偏爱，她的梅花吟稿，是所有吟花诗稿里写得最多的，竟达几十首之多。而《庭中白梅》是我甚为钟爱的一首。因那白梅神韵，与静飞风华，早已在诗中合成了一朵。

那一夜，该是怎样的月色？绿窗未掩，那个执笔端坐于案前落墨的女子，一字一句，正写到心静如水、月色如水，忽一阵暗香漫溢，呵，她抬头：莫非是庭中白梅，白梅趁着月色无人，悄悄开了吗？

她披衣出门。今夜月色好，恰合好花开，更宜佳人赏啊。那月色溶溶，那白梅丽丽，真是美得让人惆怅。于是便有了“春愁不堪剪，水月住中央。”这样的幽怀和吟咏吧。

“雪岭同孤泊，冰怀异众芳。”为何是雪岭？又为何是冰怀？

总是相信，这世间，一定有一种美是为另一种美而生，唯一、绝配。如雪的圣洁、梅的坚贞。有梅无雪，梅就少一重精神，有雪无梅，雪就少一段寒香。所以，对梅而言，她是宁决绝于万紫千红，也要同雪孤泊的，她高洁的冰怀，也唯有雪落下来，才能敞开此生的温柔与繁华。

“冷看浮世绘，清梦守寒乡。”这“冷”、这“清”、这“寒”也是我喜欢的秉性。愈是寒冷愈是锦簇，寒也入骨，香也入骨，这就是梅，白梅，如雪的白梅。而“人的性情是和植物一脉相通的，孤傲的女子爱梅、莲……”真契合于偏爱梅花的静飞啊。

夏承焘先生《风入松》中有：“双燕漫窥双影，孤山只爱孤行”，这一句，静飞极爱，亦是她自己的写照。正如她自己说的：“那些独自行走的时光和情景，常常让我觉得生命没有被外物干扰和浪费。”

总是格外钦敬那些内心端静而孤傲的女子，她们更有力量拎得起人生的冷、尘世的清，更有力量拎得起寒岁的深情。一个人，什么都想要，对谁都讨好是不对的，对什么都热情就是薄情。所以，那冷、那清、那寒的底里，才有最真的热烈、最诚的坚贞。因为珍贵，求之不得。

今冬渐深，灯下读诗，想静飞园子里的那株白梅，又该含苞了吧？只待寒乡再冷冽一些，她又能守到新梅在一轮新月下送香了。

不要再给我折梅，把我的那一枝也留在你的园子里吧。待到那一天，月满人圆，我要亲赴你的庭园去月下认她。写到此，我心里已是笛声梅影……

静飞，你的花园，是送给人间的礼物。

几生修得到梅花

去年春天，梅子在博客里公告，她从新浪博客“搬家”到微信公众号去了。我那时还没有微信，也不知道什么是公众号。但我知道，梅子以后不会在博客里写文了。

来回读那一则简洁到只有几行字的“公告”，不知怎的，心突然万水千山地惆怅起来。觉得好不容易千山万水地找到这里，才匆匆幸会，又不得不万水千山地道别。梅子不知道，我已经默默贴上一颗心，与她相随相依了这两年；她不知道，多少难挨的时刻，我总是情不自禁地走向她，走向这里。而她，总能使我安心，安心之后又可以一个人走一段很长的路。我已经习惯她的存在，她怎么能说走就走?

人事往来，我是极少主动与人开口的人，我知道梅子也是。所以两年来，即使那样喜欢，我也从未惊扰过她。但那天，我突然舍不得，舍不得梅子就这样离开。所以忍不住给她留了张纸条。忘了当时具体都说了什么，总之，含着泪；总之，梅子收到后竟轻轻折身回来与我相认了。

原来，这世上还有一种惊喜，你以为你是在道别，上天却给出了重逢。我突然相信，有些人前世就是故人，不管失散多久，今生都能走到重逢。可不是吗？你走在什么样的路上，就会遇到什么样的人，人生多的是这样的伏笔和欢喜。

初遇已是倾心，待一步步走近，从她的文字走进她的生活，更觉得梅子，她的义，她的人，她的生活，都是众里独　，独　的经典。

那天和老师谈到经典，他举例说：你看，为什么邓丽君之后再也没有邓丽君了？单说唱的话，比她唱得好的多了。单说漂亮也是，但为什么没有人超过她？因为她的心灵、声音和形象、统合起来，统一起来，没有人能超越她……

是的，单单哪一方面的好，都不能成就一个经典，她必是各种好的统合与统一。

一直以为，女人最美的东西，是慈悲之怀、柔软之心，是慧气、秀气、清气、真气、静气、淡然之气；最难得的是岁月不老永葆天真、活力与年轻。仿佛有些矛盾，因为我们太少人能够既有静气淡然之姿，又有活力年轻之态。但在梅子这里，在她的文字里，却被统合得那样自然，那样圆满。所以，我说，她是个经典。

经典，所以百搭。不管什么年纪，什么性情的读者，读了梅子，都会欣欣然打心里喜欢她。也是啊，在这纷乱红尘里，谁不喜欢善，不喜欢美，不喜欢纯真和自然呢？

去年，因为石子之缘，梅子写了《哑光之美》，我搬来空间珍存，那是我第一次把梅子的文字发在自己空间与文友们分享。爱文心切的李恒哥刚读完文，即迫不及待地在小窗里给我留言，他说太喜欢梅子的文字，问我梅子有没有出书，他太想要一本梅子的书。那时，梅子的书尚未出版。但我答应李哥，等梅子的书一出来，一定寄一本给他。

一见钟情的，何止李哥呢？我自己不也是吗？写博客以来，梅子一定早已习惯了读者对她的一见钟情。虽然她的写，从来不讨好任何人，从来不屈就任何事。却偏偏，那样讨人喜欢，那样引人共鸣。

从梅子这里，我也才懂得，最深的共鸣，不是惊叹，不是拍案叫绝，而是，忽有泪光闪烁。至今，我依然记得初读梅子时的那种共鸣，那种深切入骨，泪光闪烁。

那一年，梅子送走了父亲，情绪低落。她写：

“父亲过世，心绪低落。一位远方的网友说，出来走走，换换心情。我说不用。我在我的内心航行。一个真正拥有自己精神领地的人，无所谓春夏秋冬，无所谓天涯海角。其实，这样的人，心如明镜。难过了，没有人安慰得了，开心了，也没有人损毁得了。一个人，即是一个圆满的世界。”一个人，即是一个圆满的世界，读罢，不禁眼含热泪，千折百转，这就是共鸣。

读她写的杨绛先生，读到最后，她写道：“把自己放到最低。‘一个人不想攀高就不怕下跌，也不用倾轧排挤，可以保其天真，成其自然，潜心一志完成自己能做的事。’守住人的底线，唯真理与良心之首是瞻，做你该做的人，做你想做的人，写你想写的字。九蒸九焙，九死而不悔。”九蒸九焙，九死而不悔，写的人，并不煽其情，读的人，却早已泪珠滚落——谁不曾九蒸九焙？谁又能九死而不悔？那是冬天，北风呼啸，但我跌入梅子写就的深境里，舍不得，放不下，挪不动，就在北风呼呼的走廊过道里，给她留了很长的言……舍不得，放不下，这也是共鸣。

这样的共鸣实在太多，无法一一细述。那就留白吧，也留个念想，留与喜欢的人自己去探寻，去感受，去把灵子闪烁过的泪光，再一一闪烁一次，共鸣一次吧。

越来越相信，好的文字，不是写出来的，而是用一颗清亮的心修出来养出来的。读文人与自己契心的文字相遇，也需要缘分，需要福气。

既予人清醒，予人安宁，予人柔软，予人慰藉，又予人勇气，这样的文字，在浮躁功利的当世，真的少而又少了。所以，能读到梅子，真是一种福气。

王族在《散文：无理论的延伸》里言：先知型的散文，文字内容多见于纯粹的心灵反应，精神波动，以及对生命的神性延伸，对世界的反观等，文本个性化叙述，且风格自成，属上品。先知型的散文，读罢，不禁偷笑——这简直，简直就是为梅子专写专评的嘛。

“纯粹的心灵反应，精神波动”“风格自成”“上品”，若非如此，梅子的文又怎么能让那么多读者一见钟情，让出版社一见倾心，殷殷找上门来，主动为她结集出书。

真心感谢出版社编辑老师的慧眼，梅子出书，也一直是我的心愿。我为那些文字感到幸福，它们曾经那样温柔地抚慰过我，安顿过我啊。对于喜爱梅子的读者们而言，它们也终于众望所归，落墨花开，有了最安妥，最长久的去处。

不管这个时代的网络平台多么发达，对我而言，书本，永远无可替代，它是情怀，是仪式，是信仰。对于梅子，我也要一册在手，要指尖温柔地翻动她的墨香，那优雅与庄重，才配得上她那些暗香迢递的美文。

是的，暗香迢递。那不是她写出来的，是她修出来的。

几生修得到梅花。静飞赠予梅子的这一句诗，我每读一次就感动一次，美好一次，喜欢一次。几生修得到梅花，多么契合于梅子，也只契合于梅子。

几生修得到呢？

寒风吹彻，梅花不语。梅花已经开出最美的朵，任雪落下来……

第三辑

尘缘不断

那么，就做一个温柔的人吧

南方正是如火如荼的夏天。

四季风候，总会莫名地影响到心绪。明知四季有四季的来意，但我还是偏爱秋天——繁盛过后的明静，更容易安生。南方的夏天太热，酷暑让人慵懒，人总是微恙的时候居多。

五月过去之后，六月终于也在零乱的步履中被默然走过了。刚刚过去的这个六月，那些难度的时光，那些眠不着的夜，有时真的让我感觉到一分一秒的沉重和漫长。这样的时候，我是不想开口说话的。写，也往往要等到风轻云淡之后才能落笔。

我几乎是偏执的，又一次反复思虑着从前已经思虑过的事情。常常如此——从前曾给自己的答案，时过境迁之后，又会被自己推翻，只能又重新再来寻思一遍。我是一个没有安全感的人，凡事若没有在心里做出让自己安心的回答，同没有方向的人生一样，都会让我寸步难行。

所以，我倒又感谢这些难挨的时光了。它们让我停下脚步，重新思索，然后重新明白。当然，这个过程，伴着许多无可名状的泪水。我常常在向晚的窗内，抬头看天空，看着看着，突然就低头落泪。许多明白总是要经过这样的眼泪的。和脆弱并无关系。之于我，哭，更多的时候，是一种良药，清洗疼痛的良药。我常常庆幸自己还能哭，没什么让人羞愧的，不过是美丽的眼睛里流淌出两汪清泉罢了。我相信，只有哭过之后的笑，才是最真切的，发自内心的笑。

人生的烦忧如何断得了呢？每个阶段必有每个阶段的辛苦和承担。可这些，要如何与人说？又如何能够说得清？“人总是要自己劝说自己，我从来不劝慰别人，我只劝慰自己。天底下还有人比自己更了解自己的吗？”这大抵也是我的态度——自己劝慰自己。有些痛是不能说的，只适宜内消。因为说了非但不能丝毫减轻，还会因为重复被提醒而加深，加重。

虹说，刚出国那年，内心彷徨酸楚无从诉说时，她便独自去海边坐上半天。自此，我的脑海里总会有她独自对着大海，对着滔滔风浪哭出声音的画面。我羡慕她有那样的海边可去，哭出声音亦无人听见。可我没有那样的大海。我只能在我逼仄的小城，去走一条相对僻静的小路，走到蛙鸣四起，星闲月静。更多的时候，我躲在自己的窗内，坐对窗外苍穹，在无边的夜色里，黯然默思——自己劝慰自己。

《曼哈顿的中国女人》我读过许多遍，反复读的篇章也只是《少女的初恋》和《北大荒的小屋》。不管是裴阳还是于廉，还是周励自己，他们都是极其优秀的人，可命运从来不会因为一个人的优秀而给予更多青睐和眷顾。人生，总有那么多阴差阳错，那么多意外与无奈。最绝望时，曾作为复旦校长接班人的裴阳甚至想要从黄山上坠涯以结束自己多难的一生。于廉与妻子分开后，一个人漂泊海外，一生无子无女，那么优秀的画家，英年病逝时，身边一个亲人也没有。而周励仓促的婚姻亦无幸福可言，常常下班后，她不想回家，就待在单位的小办公室里写东西，一笔一字写下的剧本、小说，投出去，全部石沉大海……这世上，能给人慰藉的，并不是别人的幸福和快乐，而是那些与你相似的苦难。我常常想起他们，想起他们无双的优秀，想起和他们的优秀并不匹配的多难的人生。

《挪威的森林》亦读过三遍，最入心的，并不是直子死前对渡边说的那句“请你永远记住我，记住我这样存在过”。我和直子相反——如果有一天我们终究错过，再无声息，或者，如果我的存在已不能予你温暖和慰藉，那么，请把我忘记，无牵无挂奔赴更好的前程。直子死后，渡边在彻痛中感悟的那一番话才是我在全书中读得最深透的一段——“无论谙熟怎样的哲理，也无以消除所爱之人的死带来的悲哀。无论怎样的哲理，怎样的真诚，怎样的坚韧，怎样的柔情，也无以排遣这种悲哀。我们唯一能做到的，就是从这悲哀中挣脱出来，并从中领悟哲理，在继之而来的意外悲哀面前，又是那样的软弱无力”。人生呢？人生，有些缺口和遗憾里隐藏的疼痛亦是如此——无论怎样的哲理，怎样的坚忍也无以弥补和挣脱。它们像根深蒂固的宿病，你只能在岁月深长里，去适应和承受它一次又一次的复发和侵扰而无法根治。我便是这样，带着自己的宿病行走于风雨人生。疼痛难忍时就停下来哭一哭，歇一歇，整一整，然后再打起精神，重新上路。

很多道理，心里固然是明白的。然，世间并没有一种明白可以让人免于忧虑。它只能让你在每一次忧虑之后，依然勇敢前行。人生，很多时候，其实是一个自己和另一个自己的较量，挣扎。这较量，有时就像一把无形的锯子，在心上来回拉扯，很疼，可是必须独自承受。承受，是人生必做的功课。也许你在街头遇见的我，永远是低眉浅笑，步履优雅的我。你在文中读到的我，亦总是无惊无惧，清淡如水的我。其实，这一切的背后，都有水深火热的来路。一颗心，若不被风雨吹透浸透，它是不肯平淡的，更不许如水。识多了苦味，习惯了，适应了，那苦味儿也就感觉没那么浓那么重，这便是淡的一种来路。

走进人生，就如同走进一座森林。

哪座森林没有沼泽，没有迷雾，没有让人迷路的危险？哪种人生又没有它的劫难与死角？然，总会有一条路带你走出森林与死角。出路不在别处，它在各自的内心。因而，这一生，我无论怎样活着，总活不出自己的内心，我无论怎样走，都是在走向自己的内心。我是一个活在自己内心世界里的人。离开自己的内心，我便惶惶不可终日。

这半生来，也曾为爱奋不顾身过，为自己不甘过。也曾想奋勇改变自己人生里不喜欢的那一部分，想把落棋生悔的棋盘掀翻，重新来过。然，终究不能够。人，毕竟不是独独为自己而活。何况我的本性，总是偏于心软，而心软和柔弱挨得那样近。性格即命运，而人的本性是难改的。如果自己天生是这样的性情，自然要匹配以这样的命运，没有什么可埋怨的。如果说生命是上天的恩赐，那么我们活在世上所必须付出的种种牺牲和代价便是对这种恩赐的偿还吧？

活之忧，生之愁，如此绵绵无尽——恰似一江春水向东流。

不知道从什么时候起，不再喜欢对人说祝你幸福或快乐的话了。只说安或者安好。安，安心，安宁，安康。能够如此已经很好。倘若够不上幸福，起码，要努力安好，免人担忧。

倘若够不上快乐，就安于清欢，温柔地活着。

向来不喜人间薄凉味，又怎许自己在人间做薄凉客。而强大需要非凡的智慧和气概，自己本是凡尘俗子，既无非凡智慧，亦无匹配的气概来做一个强大的人，那么，就做一个温柔的人吧。

至死不渝

莲跟我说："这些天，我开始每天锻炼回家时捡一些落叶回家夹进书里，我惊奇地发现这些落叶经过书香会生出另一种独特的草本味……"

想象她在静好的栈道晨曦中蹲下身来，温柔拾起一枚落叶的虔诚，那画面，该多么优雅！哦，真想伸手捏捏她可爱的鼻子，然后深深嗅一嗅她轻拈于指尖的那一枚草木香。

捡落花，拾落叶，怜一切草木虫鱼。与莲的投缘，很大一部分源于我们对自然的热爱与敬畏是如此相契。

我不知道你会怎样去识别一颗澄澈的心灵。我很偏执，迷信于从他对一草一木一虫的爱惜里找到依凭。而这依凭，是百分之百不会出错的。你想呵，一个连花草虫鱼都不忍伤害的人，心里岂肯生出一丝歹意？当然，一个真正热爱生活的人，亦不会只是热爱自己的生命，他会珍爱和尊重一切生命，并不分贵重与卑微。

曾在一处看到：现今，在这个欲望喧嚣的世界上，最具贵族精神的是英国人。这个贵，和富贵无关，与高贵有联。写这篇文的人说，这个国家的人民普遍崇尚回归自然，崇尚朴素的劳作和生活，羞于用奢侈品，羞于穿名牌……因这贵族精神，让我对这个以出绅士闻名于世的国度，又多出了几分敬仰。阅的人多了，也终于明白，品质越高贵的人，情怀会越朴素，这朴素反哺在待人待世上便是不骄纵，不炫耀，不抱怨，不欺不诈，平和内敛，尊重、体谅，仁爱，敬畏自然如同敬畏生死……因而，一切敬畏自然的民族与人，都会让我心生敬仰。因为敬仰，我愿自己也成为他们那样的人——崇尚自然，朴素生活。

那天，一位平时留人印象挺好的网友发了一篇“说说”，说早上去捕捉知了（蝉），是那种刚刚从泥土里爬出来还不会飞的知了，收获颇丰。“说说”下面配发的图片，是一大碗被油炸得金黄的幼蝉……触目惊心，那感觉太坏了！真太坏了！他知不知道呢？一只蝉要在地下，深埋在泥土里忍受几年黑暗，要经过漫长等待，才能破土而出，看见光明。它在地底下隐忍的几年，也仅仅换来几十天的欢畅时光……唉，那人，他知不知道呢？

又有多少人懂得，我们天天居于其间的大自然才是我们真正的家园。我们这凡胎肉身，哪一天不需要大自然的喂养？我们呼吸的空气，吃的饭食，哪一样不是来自大自然的馈赠？我们有什么理由不感恩，不爱惜，不尊重它的一花一草，一物一命？别以为你砍一棵树、折一枝花或捕一只鸟是小事。大自然是属于大家的，你私自拿走一样，都是在侵犯别人的利益。

又想起那句话——“与人打交道的面孔比较容易沧桑，与自然打交道的面孔落后于时间”。我还想说，与人打道的心灵容易染俗尘，与自然打交道的心灵却会越来越澄澈。并不是说人不好，至今我依然相信，人群中，善良比邪恶终是多得多的。但相比于自然界的其他物种，自以为聪明智慧了不起的人，确是最复杂，最富心机，最具破坏力的。因而，与人打交道，才容易落下沧桑吧。

那天我跟友说，因为内心不留沧桑，所以，面容亦不会有横秋萧瑟之气。这是真心话。我心早已交付与朴素的自然，交付与一无所有的天空，在那里，一切干戈皆可化玉帛。于我，只要还有矫健的双脚可以走路，有灵巧的双手可以劳作，有清亮的眼眸可以看花，有细腻的心灵可以感应四季，这些好便足以抵消生之所负的那些委屈与劳顿了。

人，久居于“江湖”，终有一天是要归去的，归隐于心宁的家园，像草木一样，简单朴素地活着。

人，只有安于简单的日子，方可在简单里过出细微，过出深长，过出静好。外表的繁华都是给别人看的，内心的安然，才是过给自己的。

那么，若我在人群里深居简出的时候多了，在草木山水间流连的时候也便多了。若想寻我，就到草木间，到山间，到水边来寻我吧。我仍像从前一样，喜欢一身热裤T恤球鞋，走向田野、小河，看树看花、看鸟儿的翅膀掠过长空，看云朵一点一点融入夜的黛青色，看星星垂落，心似湖泊。

那天雨后，和子涵到外面转悠，当我们走上河桥，抬头一望，天！雨后的天边，那连绵的群山与辽阔的原野上，童话般瑰丽的晚霞正美得惊心动魄！我们不禁停住脚步，伏在桥栏上静静看了很久。美好的景致，愈美愈让人无言，让人沉静、让人感动，亦有一种轻轻的惆怅让人眼眸微湿。其实，美景的意义不只是观赏，更是净化。净化我们日益繁芜的心。

行于路上，亦是行往内心的最佳途径。当一个人常常把自己置身于天地自然，会更容易认清自己的渺小，人生的渺小，对生死亦只有敬畏与尊重了。真的，如果能够，总是想背着简单的行旅，去想去的地方。于我，行走不是散心，不是消烦解闷，亦不是奇遇，而是去寻找被时光弄丢的那个自己。我想，正是为了这样的寻找，才会有那么多的背包客，不辞千辛万苦，风雨无惧，一次又一次奔赴无尽的远方吧。

那天伏于桥上看晚霞，忽而就想：人人都道世人虚荣势利，并怨之。倘若怨的人，人人都执一颗真心活于世，又哪儿来的虚情与功利？退一步，倘若这世间，无论如何也免不了真与假共存，淳朴与势利相依，那么，我们不是还可以选择吗？选择与真挚同行，与淳朴相伴，如此，人生一路走，一路播撒也收获美好与温暖，也就不算枉然于活着的“意义”吧……

晚霞渐散，又该归去。归去，对着满城灯火与楼宇上的黛青色的天，沐着不知从何处吹来的风，不禁哼唱起熟悉的老歌：“莫说青山多障碍，风也急风也劲，白云过山峰也可传情……”

彼时，心里只有一个念头——从此，愿沉溺于这自然万物每一个细微的景致与感动里，像沉溺于一场最深情最恒久最纯洁的爱恋，至死不渝。

有那么多美好的事要做

其实，哪有那么多重要的事要说。生活，全是平常细琐，全是一晃便没入时光的零碎片段。只是，我依然习惯俯身向心，在平常的琐碎和片段里，细细体味它们留在心上的余味与痕迹。我反复说的，无非就是这些细微的余味与痕迹。

人到中年，尤觉时光飞快。所以，只愿把属于自己的时间放在简单和喜欢的事情上了。比如，安静写这些散淡的字、读喜欢的文，或者走长路去看心中的草木；比如，在深夜里静静等一次月归与月圆，或者与温暖的人相伴，为值得的人付出。

新月随着秋天回来。我的时光，又被分去一些，给一枚月。它有时在楼头，有时在树梢，我有时在路上，有时在窗边。我每晚看它，看它对夜的深情，怎样从一抹浅浅的微笑开始，直至全部交付，盈满天心。

默然相对，才会有寂静欢喜。我真的相信，最美的交汇，是无须言语的，静静凝望，有时胜过万语千言。

十五那一晚，月却迟迟不归。我不知道它正在哪一座城市的上空盈圆。我只是固执地相信，它今夜一定会回来的。而我，愿意等它。

我把一壶茶喝了又喝，把一支曲儿听了又听，十一点过了，我还在等。我真的相信，“念念不忘，必有回响”。我总是笃信这样一些美好的事情存在。

念念不忘。《苍耳》里的念念，其实便是取于这个词——念念不忘。是的，每一个名字，都有心。把一些刻骨的思绪，不动声色地深藏于文字，是我乐此不疲的事，这样的事，我恐怕做一辈子也不会疲倦吧。

等到凌晨，我又踱到窗边。你猜我看到了什么？——满园月色啊！最清最静的那一种月色，从草尖漫到树梢，到远山，到心间。月亮回来了，好圆好满的一轮。我的等，我的念，真的有了回响啊。

欣欣叫上子涵，下到小区的花园，去看这一轮迟归的月亮。夜深，花园里已静无一人。我们并肩坐在草地上。白月光就照在我们身上。

忽然想起曾在别处读到的一句话：“我活着，只是为了和你一起看月亮。”唉，果真有这样一种人，这样一种爱，这样一种活着吗？想着这句话里的天真和美，不禁兀自暖暖地笑了。

若一生能遇到那么一个人，可以用一辈子来深爱，又可以用一辈子来执手看月亮，该是多么幸运。只是，这世上的爱情，常像一道无解的谜题，千百年来一直以难题的形式存在于各种人生，最难两全。

我活着，虽不能和你一起看月亮。但，只要月亮自天边升起，你，便从我的心头浮现。换成这样一种情境呢，是不是也很温暖？

又想起《边城》里的老马兵。年轻时的老马兵，喜欢翠翠的母亲。翠翠的母亲却不予理会，她喜欢的是另一个在月下唱歌的男子。谁能料到多年之后，翠翠的爷爷死去，老马兵却成了翠翠在这世上唯一可依靠和相伴的亲人。这样的相伴，因其淳朴良善，在我心里留下特别柔软的一笔。

我现在，再不会去假设虚妄的生活了。再不会想着脱离这个尘世，到哪畔水、哪片林子里建门前有花、门后有果树的木屋子，与爱的人读书品茶了。现实日子是怎样的，我便在那怎样里安排好自己。我已懂得，活的美好，不能靠梦来成全。我们却可以把心，交给身边触手可及的美好事物来驯养，驯养到不虚，不妄，不嗔，不怨，朴素，温润。养成这样一颗心，何愁生活没有好风景。

依然睡眠不易，影响到咽喉，咽喉炎日渐严重，“失色”也便日渐严重。声音也是有色泽的。我的，是低低的暖色。有一次，唱蔡琴的《不悔》，听的人中，有人说了一句——这声音，把歌唱得真暖。就这一句，真是贴切。因为极喜欢唱，还在妈妈家做姑娘时，每天都要“吊”嗓子，隔壁就以为我们家有一个读艺校的女儿。只是，不知从什么时候开始，我忘了像从前那样每天歌唱。偶尔兴起，跟着电脑的乐声唱，才惊觉，从前唱得挺好的曲子，现在唱起来，已有力不从心之感。曾经那么热爱，真不想失去。我想保护好嗓子，想重新把旧日的热爱拾起。于是，每一天，又会认真“吊”嗓子，有时朗读，有时唱歌。这些平常，便都成了一小段欢喜的时光。

还想重新写钢笔字。这些年，惯用电脑打字，握笔都生了。有多少年没有用过钢笔，都记不清了。友随物寄来的一张白纸信笺，上写“闲时饮茶，饿了吃枣，问好秋日！”漂亮的手写字，朴素温暖的问候，一下子又勾起我的怀旧情结。想去买一支好钢笔来写字。买漂亮的信笺和信封，给一个人写信。不写风花雪月，只写细碎的美好片段和幽思。一封一封地写，置在盒子里存放。若有一天，竟可以在漫漫时光里相见，便亲手把信交与伊。若终究无这样的缘分，总会在自己离世前，把它们烧成灰，和了春天的泥土，在上面种花，让花代我收藏吧。

你看，我有那么多美好的事要做，怎么会有多余的心思去恩怨是非？我的时间，只够我静静的，安分的，认真地做好我自己。

云水说：“一切似乎都已经明白了，不说，也已经全然明白了。相见亦无事，我有足够的时光，用来衰老。”

哦，我也是的。我也有足够的时光用来衰老，和你一同，慢慢老去。

何须更多呢

禅悟也是一种缘分。

一个人的转变常常是从明白一个道理开始的。

“一花一世界，一树一菩提”这句沾满檀香味的莲花慧语，大概无人不晓吧。我也是很早很早以前就读到它了，而真正懂得它，却要走到现在这个时候。

那一夜，又偶然于书中读到它，我突然静默了，静默了良久。仿佛在他乡的路口遇着故人，我忍不住把头深深埋进书中，像把一颗心深深埋进爱里。真的是这样，当你决心做什么或不做什么，上苍都会特别眷顾你，给你定力，给你勇气。顿悟，其实就是这样，像俯首间无意捡着一把钥匙，却突然打开了一个辽阔的洞天。

“一花一世界，一树一菩提”就是这样的洞天啊。

真是美，花与树的活，如此庄重又如此优雅。你看到过花与花相互纠缠彼此侵犯吗？你看到过树与树相互干涉彼此伤害吗？没有啊。这世上，唯有人，才常常累于身外之物。花没有花外之物，树也没有树外之物，它们的活，是孤独的，安静的，专注的，缓慢的，又是勇敢的，洒然的。在它们的世界里，没有所谓的成败与输赢，一花有一花的世界，一树有一树的菩提，足够了。

人呢，一个人能活出什么来？芸芸众生，一目扫去，那么多的人，活出急躁，活出纷争，活出攀比，活出苦闷，活出沧桑，活出不安，唯独没有活出自己。

人的欲望太多，需求太多，简直是作茧自缚。又怎不比这一花一树活得脆弱，活得疲惫，活得纠结，活得辛苦。花与树，比人更懂得活道与境界呢。它们都是我的榜样。

或许，我的前世也是一株花草吧？否则怎么满心满怀都是说不完诉不尽的草木情？尤其现在啊，我多么想把自己变成草木一棵，像草木一样活着——安静地活着，缓慢地活着，心无旁骛地活着，勇敢优雅地活着。一花一世界，一树一菩提。我呢？我想活出一架自己的东篱来采菊，活出一座自己的南山来听风，来观云，来揽月。一个人，一架篱，一座山。

一个人。我从前也曾经那样害怕自己落单。因为害怕孤单，常常忍不住想伸出手去触碰别人的人生，想要别人来爱，想要别人来陪，想要别人来温暖。可是，人与人之间，变数总是大于定数，你根本不知道什么时候会突然分离。更何况这一生，离离乱乱，聚聚散散，每个人都有自己的苦要承担，都有自己的债要偿还，都有自己的路要奔赴。又如何忍心给别人添难堪，添负累？所以，真的是——孤独是每个人的必修课。对于爱，对于陪伴，对于温暖，我早就停止了索求。若自己能给则甘心给，不计回报。后来，现在，学会了一个人，习惯了一个人，我才发现，其实一个人并不孤单。恰恰相反，一个人的世界，参与的人越少，就越简单，越饱满。

而我的心，除了花草树木，蓝天白云，它只能装下很少很少的人，很少很少的事。

我喜欢一个人做这做那，一个人来去如云。

一个人读喜欢的书，一个人看喜欢的电影，一个人听喜欢的音乐；一个人收拾房间、拖擦扫地，然后坐在整洁的家里，一个人喝一壶茶；一个人去买衣服，一个人去逛书店，一个人去一个陌生的地方，看喜欢的风景；一个人喜自己的喜，悲自己的悲，又一个人把悲喜走到云淡风轻；一个人爱或者不爱，念或者不念；一个人，做许多想做就可以去做的事；一个人，专注自己的梦想，打理自己的愿望；一个人面朝大海，一个人春暖花开……这种感觉，让人充实、饱满，完整、安然。

曾以为一个人会没有安全感，其实不是。安全感是因为你害怕失去。当你学会一个人，也就不会对外在的东西患得患失了。

也曾以为，最深挚的爱是不分你我，亲密无间，其实不是。最深的爱是放手让你去做你最想做的那个你。是假设彼此失散，一个人也能把爱珍重到地久天长。

当你一个人也能从容无惧地爱这个世界时，你一定也能更好地去爱别人。你不会计较自己付出的多还是别人付出的少，因为就算别人什么也没有给你，你一个人，仍然能把自己过得不错。

那天，央视综艺频道《回声嘹亮》栏目播放了旧版《红楼梦》歌曲专集，我放下手中的活，便一直站在电视机前听。不管隔了多长的岁月，这些歌曲，依然能让人听出一汪清泪来。谱曲的王立平老师说，为了谱出他心目中的一曲《葬花吟》，他整整用了一年又九个月的时间，直到自己完全想明白了才肯动笔。看，多么漫长多么专注的艺术，也唯有这样漫长的创作才能换来如此漫长的美吧！

雨竹推荐的电影《一轮明月》，那一晚看完，几乎失眠，不只是因为感动，还因为反省。弘一法师为了研修律宗，可以把自己关闭四年，半足不出禅房，直到修成了宗书。现今的你我，活在这浮躁的世界，去哪儿找这样强韧的定力，才能把心横下来专注地做成一桩美好的事？

一生要做好那么一两件自己喜欢的事，其实也不难。难的是我们不舍得，也不懂得放下急功近利的急躁，人争亦争的跟风。太多的我们，学不会一个人，学不会专注。

三毛的《简单》里有这样一段话："我避开无事时过分热络的友谊，这使我少些负担和承诺。我不多说无谓的闲言，这使我觉得清畅。我尽可能不去缅怀往事，因为来时的路不可能回头。我当心的去爱别人，因为比较不会泛滥。我爱哭的时候便哭，想笑的时候便笑，只要这一切出于自然。我不求深刻，只求简单。"关于简单，这段话，真是喜欢。

"一花一世界，一树一菩提"也是简单。一个人，也是简单。简单多好！可以把很多不必要的繁杂，不必要的是是非非省下来做自己喜欢的事。

何须更多呢？这一生，我需要的其实很少。越来越少。

当纷繁退去

尤喜欢章含之那一句——“我说不清自己究竟是成功了还是失败了，也许生活本身就无所谓失败，我又何必为此苦苦追求呢？”说这句话时，章含之已经老了。看过她老年的一组相片，极喜欢。不管是坐着，还是站着，她都那么淡然优雅，祥和的笑容里，有一种融合于天命与内心安然的美。看着淡然老去的她，再想想她说的这句话，便知道那是她苦苦追求某种人生之后得来的练达和体悟。平常人生，于世不过几十年，八十已算高寿，年复一年，大多是简单重复的日子，简单重复的一箪食，一瓢饮，一间房，一张床。除去这基本的生存所需，我们还求什么呢？我想，不论富贵与贫贱，所修所求，不过是心灵的安然与自在吧。

是的，生活本身无所谓失败 ，只有喜欢不喜欢，适合不适合。过自己喜欢的，适合自己的人生，比任何富贵更能让人安然与自在。人生不是过给别人看，它就像鞋子和女人的内衣，自己感觉好才是真的好。人生是一场寻找，是寻找自己的过程，这个过程有时还很漫长，很艰辛，跌了，痛了，哭了很正常，谁也不能避免，谁也不能指望从别人身上，从书本上，或者从别人的教导上，获得真正的教训和懂得。

每个人都要亲自去走那么多路，去亲历那么多事之后，才能真正地明白和成长，也才会知道，什么才是最适合你的，你最想要的是什么。当你和你的心都可以安然于自己想要的人生时，也就意味着，你终于找到了自己。

在生活里，我常常搞不清东南西北，所以，至今也不敢学开车。但在人生的每个阶段，我却一定要自己方向明确，心中明朗，否则就会无所适从，落不着地般的空茫。我信奉：未经规划的战争是不值得打的，未经思考的人生是不值得过的。我不喜欢糊涂过活，不喜欢随波逐流，不喜欢日子凌乱无序，哪怕只是过平常人家的寻常日子，我也不喜欢草草应付，我要它，契合自己的心。我相信，不论什么样的境遇和人生，都可以就地取材，裁出它最漂亮的模样。或者，都可以在自己脚下的泥土里种出相宜的花香。富有富的荣耀，贫也可以有贫的美好。

每行一程路，历一些事，我们总要失去一些，又会得到另一些，在失去与得到之间，我们成长了。每一次成长，我们就会更明白自己，也更靠近自己一些。其实，人生的每一次成长都可以看作是一个新的阶段。而人生的每一个阶段，都应该在心里认真地问自己："现在，我最想要的是什么？接下来的路，要怎样走？"我觉得这样的问题才是人生中最重要的问题，它最值得问，也最值得去给出答案。有了答案，就有了方向，有了方向，就会走得更安然，更自在。

以前，看到一篇文章，里面说到一个外国朋友，说他连"发呆"这样的事，也当一件重要的事，正儿八经地列在一天的作息计划里。看到它时，我的感觉不是讶异，而是感动。感觉那是一个认真过日子的人，认真得让人感动。人生的尊贵，不就尊贵在这认真的态度里吗？我也是认真的人，想看什么书，什么电影，不论做什么，都喜欢列成清单，然后一样一样去做好，也会把一周的菜谱列成单，挂在厨房里，一目了然。

在人生里，我是一个不能没有方向的人。当然，有时候，也会不小心把自己弄丢，但很快又会把自己找回来。

现在，当我在静夜里听着窗外的秋雨滴答，回望刚刚走过来的这段路，心里感到从未有过的安然。是的，我又回来了，而且从来没有如现在这般的，明白自己最想要什么。人生，总是从繁到简，我也一样。其实，从前的生活也不复杂，但往后，还会越来越简单，当外在越来越简单的时候，内在才能越来越丰富。

春风吹过我的城

每年春节，总要经过若干仪式之后，我才能让自己慢慢进入节日的氛围。比如细扫陋室，部下花草……这些，都是极容易让人感到满足和欢喜的事。

光是清洗花瓶，为瓶子里的花草选放相宜的石子，就要花去不少时间，但我乐此不疲。大年三十，打扫整理仅 100 多一点平方米的陋室，我甚至可以从中午慢慢磨到凌晨 2 点多，不眠不休，自享其乐。我真喜欢这个“磨”的过程，一点一点地洗，一点一点地擦，直至把这个供我四季栖身的居所都安抚了个遍才肯罢休。擦洗它们，其实也是在擦洗我自己，我如此喜爱干净的居所，亦如，我如此喜爱干净的灵魂。

年前，就养了水仙。梦想着节日里，她也能开出绝尘的几朵来，为我的夜读添香。眼看着水仙长出几个骄傲的花苞，我以为这美丽花事，只欠一点时间而已了。谁知，花事竟也如此多磨，如此难料呢。寒流南下的那几天，水仙的叶子竟一叶一叶的在我眼前蔫黄抱病起来，真是心疼啊！却又不能把她抱在怀里慰暖。我一度以为，她们是挨不到春天就要香消玉殒的了。可没想到，大年初四早上起来，竟发现搬到阳台上的水仙，拼尽柔弱的劲，也开出了娟娟秀秀的一朵！万分惊喜之下，我真想吻她。这骨气，和养她的人，如出一辙。或许，此春，此生，她就只能开出这一朵，一朵就一朵吧，至少在我眼里，开出的这一朵已经足够倾城，从来认为，精神，远比结果要重要。

去买花，又遇到了多年前经常遇到的她。在《美丽花事》里，我写过她和她的花圃（搬家之后，因为不再走那条路，我就再没有遇到过她）。这么多年过去了，她和她花圃里的花草竟还是我初见时的模样。真的，和花草打交道的她，笑靥里，根本找不到一点时光留下的沧桑。这样的一种安好，让我莫名的欢喜和感动。若我今生还有机会做个栽花人，定也如她这般，从一朵花的好里，就可以认取整个世界的好，让日子简单到只关乎草的绿，花的香，一朵朵唤着花的名字，嘴角每一天都噙着香。我一盆一盆花儿看过去，又一盆一盆花儿看过来，边看边寒暄，又懂得了不少花事。最后，我又成了地道的花痴，左手抱着“一帆风顺”，右手提着兰花，在微笑中，两人心满意足地道别。

以前，尤怕过节。尤其春节这样盛大的节日。总觉得身外的世界愈繁华，心内的世界愈荒凉不安。而今，不知从什么时候起，不再那样在意自己，也不再时时关心自己那点窄窄的情绪了。不那么在意，也不那么关心自己之后，倒真没有从前那样的敏感脆弱了，终于有本事把节日当成一般日子过，无惶无妄，就算整个世界闹疯了，只要一书在手，我就可以稳稳地坐定自己的“江山”。节前，特意上网淘了早就想读的一本小书——《查令十字街 84 号》，说小，只因她不是长篇大本，读个一两天就能读完。但她的美好内涵，却足以让人温暖一生。在新春，读这样一本温暖的小书，是多么契合！它让我愈加笃信，这尘世的人情人性之致美与致暖，可以美到也暖到抗衡一切冷硬和苦难的地步。只是，你想见证这致美与致暖，就得先主动去实践它。不必怀疑，人与人之间，所有美好与诚挚都是以圆的形式运行的，它从你那儿出发，辗辗转转，转过一圈之后，一定又会回到你这里来。一定是这样的。

自从嫁作他人妇，每年春节就必有一半的假日是要留给这个大家庭的。所以，从未有机会在春节里轻松去远行。先生家，七个兄弟姐妹之多，每次节日，大大小小，子子孙孙，四代同堂必聚到一块儿，满满当当几十号人。饭前准备，饭后洗刷，能累得媳妇腰疼。还好，打小在妈妈店里做过多年“洗碗工”的我，练就的身手，还能让我应付自如。这样从除夕忙到初二，大家各散回自己的小家之后，剩下的时间就是我的了，也就可以闲闲地端一杯咖啡，对花对书，一头扎进自己的清欢里了。有累有闲，这样的年味，也才算全了。

我的小城虽小，但近年变化真大。托了发展旅游业的福，小城也建起了江南韵味十足的“古城”。虽与苏杭那些真正经历了岁月沉淀的古城是没法儿比的，但她的存在，对于我生活的这个小县城，仍算是一桩十分美好的事。恰逢春光晴暖，微风怡人，便和子涵去古城走走，人看人，也是一道风景。在古城喝了一碗地道的恭城油茶，极喜欢那股亦苦亦香亦甜的风味。忍不住问女主人，能否卖我一点原材料回家自己做？她说，这道美食的关键是她们家自己种在山上的茶，而且，一定得要清明茶才能做出那样的滋味来。她说，她们自己用的茶叶是不够外卖的，也从不外卖，但看我喜欢得心切，她愿意给我一点儿带回家，真是尽了我的兴。路上，子涵一直说，这阿姨真是好心人，说了只要一点儿，她给了这么多茶叶，还只收了几块钱。是啊，真是好心人，恭城人的淳朴，真像她手里烹调出来的那一碗油茶，是我喜欢的味儿。

逢节，还格外喜欢上山。所以，驱车200多里去爬了一天山，进了山上的禅寺。禅寺香客众多，但我自己，总不能习惯于烧香拜佛。拜在佛前，我不知自己该何求？何求都觉得不对。所以，仍只是在功德箱里放入自己的一点心意，然后，在寺院里安静地食用一碗素汤圆，感觉便如此心安。食罢出门，瞧见门口处写着“心静菜根香”，在心里读着，不胜欢喜。菜根香，这是多大的福报啊！那一刻，忽念起南岳的友人，满是祝福与欣喜。

“莫求佛，求的越多放不下的越多……”又想起这句话来。是的，不求。只祈我不要贪，不要执，不要嗔。我相信，我可以拥有的，都已经拥有，我不能拥有的，也不会妄想去拥有了。至多，我还祈这世间，为人者，都能活得本分，少一些人为的罪与恶，使得天下苍生，都能活得朴素、安宁。

除夕夜，友发来短信——“回到家乡，一个千年古镇，去年回时还没路灯，今年已是华灯璀璨，许愿灯在宁静的星空下飘飞，很久没有见到这么幽邃的星空了。南方的除夕该有春的讯息了吧？”

呵，见“信”如面，这份亲切，让我兀自笑了。

是的，春风正吹过我的城，我的小城已经春味浓浓。再过两个月，湖边的紫薇又将缀满枝头了。

万水千山总是情

此时，载着你的列车，从我的故乡出发后，不知道又奔驰于哪一重山水，哪一片夜空了。你是不是也和我一样，到现在，还不能理清这聚与别的千情与万绪？匆匆地来匆匆地去，真不知道是重逢的温暖多一些，还是别后的牵念更多一些。

我们 18：30 在车站拥别，到现在已经六个小时过去了，我依然不能从那轻轻一抱的别绪里走出来。在车站微笑着道别，我们只用彼此的右手轻轻拍着彼此的左肩与背，没有让眼泪掉下来。可是，当我站在候车室入口处的围栏外，看着你和先生拖着沉重的行旅终于一步一步消失在视线里时，眼睛还是忍不住模糊了。回程的路上，和子涵絮叨着说起你：阿姨还没上车呢，妈妈已经开想念阿姨了。我问子涵，阿姨好吗？子涵脱口答："阿姨和叔叔都很好，他们什么时候再回来看我们呢？"是啊，什么时候再回来呢？我说：阿姨回来看我们一趟真不容易啊，坐飞机，转火车，万水千山的奔波，跑了半个地球，才到我们家里来了……哦，只说到这里，我就说不下去了。

回到家，家是空的。我赶紧让自己忙起来，收拾匆匆晚餐后没来得及收拾的碗碟。我在厨房刷洗你们刚刚用过的碗筷，又想起几天来你在厨房陪我说话的情景。你学我的广西腔细声细气地重复我说的话，学得那么像，每每让我笑出声来。你说，第一次和我通话，听我说话慢声细气，像个小姑娘，没想到啥都会做。说真的，我也没想到，那个心无城府，线条简洁单纯，常常问我这样好不好，那样好不好的女子，却原来是“气场”如此强大的女子。这气场，来自深厚的文化底蕴，来自细致入微的为人与处事，来自高贵与典雅，也来自亲切淳朴随和、活泼可爱的品性。你不知道，你浑身自然散发的那种亲和力，让人感觉多么妥帖，多么温暖！如果换是我，第一次回到你的家，我也能像你这样，和你的家人、朋友一见如故，随意而又自然地打成一片吗？我想，就我这点能量，大概做不到你的三分之一好。所以，看到你一进家门，放下行旅，就可以和灵家先生，和子涵，家人一样逗乐子，我心里，除了钦佩，还有深深的感动——你必是把他们都当成家人，把这儿当成家，才能这么无拘无束，这么坦诚，这么随意，这么自然，这么明朗大方的。而我呢，也从来不打算把你们当客人。我一点也不担心我的小县城不够漂亮，我的家不够华丽，我的饭菜不够可口。因为是你，是亲人。如果有面子上的顾虑，那一定是因为情谊不够，而我们的情谊，早就让我免除了顾虑。若有一天，我也万水千山地去看你们，我一定也是像回家一样，要求吃最家常的饭菜，当然，也要随时逗你的乐子……

这一会，我想在脑子里想出你瞅着我笑时的面容，却突然模糊一片，怎样也想不出你站在跟前时的音容与笑貌。是这样吧，念一个人，念到慌乱，脑子就会短路，会突然想不出她真切的模样。我翻开上午我们坐在家里让刘哥拍的留影来，又觉得相片上的那个你，远不如生活中的你，怎么看都不像你，简直是另外一个人了。我想起在机场里看到你的第一眼——深蓝色纯棉 T 恤，同一色系的细条纹纯棉围巾随意披在肩上，珍珠耳坠……在乘客的队伍里，你的典雅是那么出众，让我眼前一亮。一眼认出你时，那种我不能常见的贵气与典雅，还是让我有了一丝微微的慌乱。可是，只是刹那。当你毫无迟疑地走向我，当我们张开的双臂轻轻抱在一起，那微微的一丝慌乱，早已无踪无影。亲爱的，三年了，我相信我们的交融早已完整无隙，如果说当年的同质相吸让我们一遇如故，今天，手挽着这样典雅又自然的你走在回家的路上，在“如故”之上，又更添了“倾心”。三年前一遇如故，三年后一见倾心，我是多么喜爱这个真实的你——比我以往的所有想象都更好，也更由衷地让人喜爱。记得有一次你跟我说起，生活里的你比网络上的你，更讨人喜欢。果真是的。只那一份缘于本性的自然与亲和就足以让我倾心。而我，也许刚好相反，生活里的我，比文字里的我，要平常寡淡得多。但我亦知，无论生活里的这个灵子多么平常寡淡，你是一点也不会嫌弃的。

合照留影时，因为喜欢你披着保罗竖条纯棉围巾的样子，我一定要你披上它照相，这条乍看起来普普通通的纯棉围巾，披在你身上，却被你披出很雅致的韵味来，我好喜欢那样的雅致。因我的喜欢，你骄傲地跟刘哥说，瞧，我和灵子，连衣着品味都那么相似。若不是那么多的相似，又怎会如此投缘？看我那么喜欢，你想把围巾留给我。于是，我在镜前，把围巾披上，却怎样也披不出你那样的好韵味来。因我披起来着实不如你披的好，加上担心你回到北方天气尚凉，还得披着它，所以，我不舍得让你把围巾留下了。没想就这样一点小事，连刘哥也开口劝我，说服我把围巾留下，说你在家里还有一条一模一样的……刘哥虽不善于言辞，但他那种不着痕迹的细心和好，还真让人感动。那条围巾，我后来又悄然放回你的箱包上，可你最后又把它放回我的床头，一定要给我留下。

我又一次在镜前把它披上，闻着你留在上面的淡淡的香水味，不知怎的，眼睛又湿了……

真感谢我的闺友棉，亏得她那么有心，那天晚上用手机录下了你的歌声。我现在又在听，听你那一曲优美深情的《历史的天空》，听你唱“聚散皆是缘哪，离合总关情……”那么投入那么饱满诚挚的歌声，一叹一唱总关情，你把我们都打动了。生活里的我并不是感情外露的人，但为这万水千山跋涉而来的情分，每掂量其中厚意，我便感叹而泪下。

有多少缘分可以由朋友深长成家人？又有多少相遇可以因懂得而被惺惺相惜？想来，我是多么庆幸的一个！每一种相遇都是出于偶然，但相遇后的相惜，却是心质无二的必然。无二的诚，无二的真，也无二的毫无功利心，自私心，势利心，无二的向善向美。只有两颗同质的心，相遇之后才能相融，对此我深信不疑。

那一晚，唱歌回来，夜已深。他们都睡了，这难得的清静时光，独属于我们俩，我们便一人靠一个抱枕并肩靠坐在沙发上，又谈起以往我们说得最多的话题——写作。起初的相逢便是这样的，我们从聊文字开始，一聊便觉对路，便一路走来，走到了今天。你说回去后，想让你的朋友来看看我的文字。我一口回绝了。其实在这一点上，我们也是无二的，就像你当初一口回绝那位朋友为你提出的好意一样。并不是因为清高，不屑有求于人。在我们，为了一点“名利”而麻烦朋友，都是极不可思议的事。在情谊面前，功利永远不必沾边，这是我的原则。一定也是你的。文字一直是我的至爱，但诚挚的友情我更想珍惜。哪怕有一天我们都不写字了，也不谈文学了，于我们的友情又有什么关系？

都说灵子善写，可写下这些文字，我却感到力不能从心，辞不能达意，不能。就像你说的，你早想写一篇这样的文字，写女子间的相遇与懂得，写女子间的怜惜与深情，但一直没找到好的切入点。我呢，我虽是写了，却连我自己也觉得零乱苍白得慌。这点文字，就我心里那千重意，它们能表达出来的，真真不及三分之一。所以，亲爱的，原谅我，你来，我不仅让你见到了最憔悴的灵子（连陪你长夜漫谈的体力也支不出来）还写不出一篇好的文字来诉怀。这点轻浅零乱的文字，只当是我们首次会面的一点纪念吧。所幸，淳深情谊，就算苍白的文字表达不出来，仍可深藏于心。那些我无法用语言表达的，便都是深藏于心了。

真的谢谢你，一路越过万水千山，传奇般站到我的跟前。

然，就像你说的：若是缘深情长，万水千山又算什么呢？

前尘堪忘不堪怨

虽然听你说安好，听你说此心澄澈安静。可我，依然止不住念你。你的好，让我心疼你遇到的每一种不好。痛时的浅笑与安静，比幽怨的眼泪更教人心疼啊。

我是不大会安慰别人的人。

只是，我一想起你的样子，心就特别疼，就哑然，就想抱抱你。其实，我不但不善于安慰，连拥抱一个人都觉得难，我不习惯以浓烈的方式来表达感情，再铭心的牵念，再刻骨的心疼，到了我这儿，也就只剩下无言的微笑或眼泪了。

何须问你半句呢？不用问亦懂得。都不是腻歪热络的女子，很少言语，只是，你一直在亲人的名册里，一直在心里。

我心里有一本账，悄然记着一些入心入爱的人，我懂得并由衷喜爱的人。感怀世间，有这样一种女子——内心里有着不甘屈就尊严的骄傲，有时很固执于自己的原则，很要强于自己的骨气，有时又要命的心软；凡事求真，灵魂洁癖，不会圆滑，不肯世故，不屑装糊涂，又不愿为难别人，不愿欠着良心一丝一毫。在我心里，你是这样一种女子。走在尘间，我其实也是这样的女子。灵魂饮着同一种水，就会懂得那一种冷暖。懂得，因而心疼。却无半点没用的辛酸与怜悯。我知道你不需要。

相聚又分离，一定是彼此在前世欠下的债都已经还清。不再相欠也就不再有冤家聚头的渊源。

世上总有一个冤家，让我们尝透聚散的悲欢，然后迅速成长。我也有过这样的冤家。现在想来，那些让我蜕皮换骨的淬火并非毫无意义。最疼的疼鄙人受过，最苦的苦鄙人饮过，再没有一种滋味是我不能下咽的了。再疼时，咬牙哭几声也就过去了。非得让它过去不可！过不去，怎么走下去？

国清的梅，一定开得正好吧？去看了吗？梅，那种愈冷愈清艳的秉性，仿佛美的并不是花，而是那一身看不见的铮铮玉骨。女子，也有女子的铮铮玉骨——命运越亏欠我，为难我，阻滞我，我越要活出一股劲来！我想，那种能和命运从容周旋的女子，那种带着笑流泪的女子，任谁，能阻挡她把柳暗走到花明？

我也不喜欢沉湎回不去的过往。沉湎是需要力气的。力气，要留着走好前面的路呢。要留在别人看不见的时光里一个人默默努力，积攒翻山越岭的心劲。翻过山巅，边下山边喊出博子喊过的那一句："你还好吗？我很好！你还好吗？我很好！"这种感觉，日后想起，仍会对自己满怀感激吧。

说了这么多，说到最后，却落泪了。你没事一样的笑，笑得我心疼。

我懂得，道理是一回事，心情却是另一回事，眼泪也是另一回事。所以，想哭就哭。不然，一辈子留那么多眼泪干吗呢？眼泪就是用来哭的，用来留给不能启口的委屈的。哭好了，咱该干吗还干吗去。洗衣做饭，养花种草，三杯两盏清茶后，红妆丽裙，从容步入人群，又是一朵洒然行走的花。沧桑沉在心底，这二三月的春日阳光，让它照在脸上，像照着一朵重新开好的花：

> 前尘堪忘不堪怨，昨天已经是从前。
> 明眸浅笑出门去，照样辗转在人间。

请暖暖微笑

总会有这样的时候，在稍感茫然无助时，我需要保持与人群的距离，在静默简单的时光里，一点一点地清理自己的内心。

那日我给虹留言，告知我需“静养”些日子，暂时顾不上她了，让她自己好好保重。言罢便自顾消失去了。多日后，她骂我：“死丫头，居然这么久不联系，也不问候我，一直在担心你，知道不知道？”

其实，不用担心我，真的不用。我与常人不一样，我像一只野生动物，不习惯倾诉，也不习惯求助，自感不适，只需躲于僻静处，以自己的方式默默消化，休整，沉淀，然后自愈。

莲说，亲爱的，我想听听你的声音。于是用长途话卡，打了近一个小时的电话。听罢，她笑了：听到你说话，感觉依然那么好，我就放心了。她对我经常是那么“肉麻”。这丫头，深情起来简直要命。让我的心都要化掉了。

生日时，正巧扫墓，各自忙着，与好姐妹似往年那般的小聚餐自是顾不上了。晚上近 10 点，门铃被按响。这么晚，谁呀？开得门，棉笑盈盈立于门口，捧着我喜爱的百合花——生日快乐！哦……我转身插花，连谢谢也忘了说，或者是觉得不必说吧。但这样被连夜送来的花香，在我一样多情的心上，是永远不会消逝的。

常常心怀感恩，不论是远在天涯还是近在身边，总有那么好的朋友让我遇上。忽然又想起巴金和曹禺的友情来。一年中秋节，巴金给曹禺打电话，巴金说："我们共有一个月亮。"曹禺答："我们共吃一个月饼。"多少深情厚谊，都在这一对一答的默契里了。"我们共吃一个月饼。"这样温暖至诚的朋友，巴金有，我也有。

如此，这场薄凉与深厚交织的人生便常常让我笑着哭，又哭着笑。

当然，亦有意外的时候。有些人，初见时，让人感觉电光火石或烟花绽放般炫目、炙热。然，一路走，一路光华零落暗淡，渐渐有了不和谐的斑驳，最后，又重回陌路。并不是你变了，亦不是他变了，而是那人本不是你当初以为的人。生命附带的种种，均耐不住岁月的流淌，人的本质亦是。时光如滴水穿石，久了，各人自会裸露出原有的本质来。若是同质，相交后，便会日久弥深，若非同质，也便只能渐行渐远，直至消失。

有友人说，读灵子的文，感觉灵子是如何如何美好的女子。可是，请别把我想得那么好啊。固然，我是不会依别人的眼光过活，但亦不忍把我抬高的人失望。我真没有那么好。我允许自己有些小自私，小懒惰，小邪恶，小沉沦，小冷漠，小固执，还有小女人的小矫情，小自恋，小孤独，小脆弱，小倔强，小骄傲。真实、凡俗。

也有友人说，看灵子写的东西，感觉灵子不是一个快乐幸福的人。我不否认，我是内心极善感的人。善感的人，便容易多思多愁。我的人生，亦有着诸多无法言说的缺憾和沧桑，但亦不至于潦草不堪。日子里，有一日三餐的妥帖，有亲人相守的安暖，亦有不易排遣的孤独，因那孤独是骨子里的，血液里的。我是这样，谁又不是这样？

行至今日，我更愿意相信烟火人生有着永无完结的无奈与惆怅。那才是真实的人生。我们要做的，不过是坦然面对，谦卑行走，在无奈与惆怅中努力觅得点点温馨。幸福和快乐从来不是我刻意去追求的东西，我此生所有努力，不过是顺着自己的性情，顺着自己的宿命和际遇过活，在自己独有的世界里，活着属于我自己的人生，无所谓好，也无所谓坏。而我的每一次哭，每一次笑，每一次痛苦，每一次欢欣，对我来说都同等重要，都是我自然又正常的人生，我安于它们。

那日，知道友人念着失散的好友，那念里有说不出的失落。无从慰藉，但我仍微笑着对他说——人总是要分开的，但有些东西会永远留下。其实这句话是柴静说的。

“倘若一无消息，如沉船后静静的海面，其实也是静静地记得。”我相信。

无论后来我们被人生推搡去到哪里安生，又在哪一隅一无消息，那些诚挚知交过的时光，都会被静静的记得的。会被静静的记得。

友说：“灵子，只要你还在写，我也一定在。记得，你在，我也一定在。”嗯，记得。

谢谢这暖暖的情谊，让我多汁的眼睛又开出暖暖的泪花。我想，我会一直写的。

“夏天过去了也不到秋天。”很喜欢这句话。这多像我们的人生。我们的人生永远都是在路上，而秋天，秋天就在我们路过的美好过程里。人生不过是无数的片段，所有的过程其实都是结果。

人生路遇的朋友，不是佛前的莲灯，无法许给彼此一生安暖。但朋友是夜路里的灯，在一些孤单暗鸦的时刻，可以给彼此添一束静微的温暖和亮光。我亦无莲灯，但我心里有一盏长明灯，静照着，路过我人生的朋友。静照着，像静静的记得，像静静的念。

那么，我亲爱的朋友，不论今天，明天，还是明天的明天，无论在这里，在那里，还是在哪里，想起有这样一盏灯，有这样一个人时，请暖暖微笑吧。

第四辑

观影随笔

每个人心里都有一个肖申克

苦难常常意外降临，它没有时间让人准备。但，总有时间让人去面对，只是，你肯，还是不肯?

那个早晨，当安迪被蒙冤入狱，他就知道，昨日的一切都已杳然远逝，鲨堡牢狱的冰冷高墙已经把他人生的过去和将来彻底割断。他只有现在，而他的现在是多么残酷——他还活着，生命里却只剩鲨堡的四面高墙，没有阳光，没有自由，没有音乐，没有人间应有的一切美好。很多被命运送往肖申克的人，最终都会在那里，在毫无人性的残暴体制下，无望挣扎到老，到死。

然而，安迪是个例外。他从入狱的第一天起，就没打算要牺牲自己的下半生向命运妥协，向无情的苦难低头。他心里只有一个意念——一定要逃离肖申克!

每个人都有自己的委屈和苦难，以及诉求于人，换取一点同情或轻蔑，还不如隐藏于心，用更大的力气去改变苦难。入狱之后的安迪，对自己的冤情一直只字不提，他接受了它们。而所有苦难的跨越都必须从接受开始。你必先接受了，才有勇气去攀越。其实，凡事，只要在心里接受了，无论接下来再发生多么让人难以忍受的际遇，也就都可以消受和承担了。安迪在狱中被人打到半死，被关进地狱般的黑屋，关一个月，两个月，他从未吭一声或叹一气，因为他心里对于翻越苦难的勇气早已大大超过这些苦难。在人人都以为他自杀的那一晚，他却从自己亲手挖的隧道中爬出了肖申克。那是怎样一条隧道啊？在管制森严的牢狱中，要挖那样一条隧道，只用一把小小的石锤，得用 600 年的时间才能完成，而安迪只用了 20 年。他的狱中挚友瑞德永远也想象不出，他是如何做到的。我们也想象不出，安迪在他 20 年的牢狱生涯里，是如何抵制住那些日复一日的习惯而不被同化的。一个人要有多么强大的信念，才能在那样恶劣的环境下，在 20 年的漫长时光里，一天不弃地坚持着自己的决定？那一定是他对生命，对自由，对阳光，对美好世界的深情热爱！所以安迪才能在 20 年的时间里，一点一点，一寸一寸地挖出那条让他逃离肖申克的隧道。正像他对瑞德说的：人只要二选一——忙着活或忙着死。他不愿忙着死，他选择了希望，这就是他成功逃狱的最大缘由吧。

当安迪在那个电闪雷鸣的雨夜爬出肖申克，当他张开臂膀，仰头向着自由的天空，如瀑的大雨自头顶浇落，那是多么酣畅的雨啊，足以把他苦难的过去都冲洗干净！看到这里，眼泪没有理由不为安迪落下，一把又一把，都是敬仰和感动！

在这部电影里，你不只会对安迪身上那种对命运勇敢反击的毅力所震撼，还会被世间至诚至高的友情深深感动。安迪和瑞德的友情，是人间至真至善的感情，如果没有瑞德，安迪逃离肖申克也许要困难得多。电影的结尾，瑞德和安迪，两位曾经患难与共的老朋友，在太平洋边紧紧相拥。无边的温暖，像太平洋宁静的黄昏，无声地罩在心头。我在这画面前，突然泪光闪烁，心里，真想对我的挚友说谢谢！感谢生命中有你，有你给予的最诚挚，最珍贵，最温暖的情谊，陪我度过了人生的长夜和风雨。

向来如此，喜欢的文字我会反复读，不知道要读多少遍才能走过一生的迷茫。喜欢的电影，我也会反复看，不知道要看过多少遍才能度过人生的长夜。那一晚，我跟莲说，我今晚要看《肖申克的救赎》，莲懂得我，她什么也不多说，只打过来一行字——太平洋的水和梦里的一样蓝！这是瑞德在电影末尾的一句台词。

是的，太平洋的水和梦里的一样蓝。安迪说，太平洋是没有回忆的海洋，没有回忆的温暖地。所以，安迪和瑞德选择在那里相聚，共同迎接崭新的岁月。站在太平洋边，从此，所有的回忆都属于过去，喜欢的，不喜欢的，都将一并在太平洋的黄昏里消逝。

爱的救赎

爱情是上帝最美的礼物，同时，它也是最危险的礼物。美总是和危险并存，若得到馈赠的心灵，不能用仁慈来珍藏和包涵它，爱情就会露出狰狞的面目，俘虏你的自私、嫉妒、仇恨，并把它们变成牢笼，把你牢牢困住。一旦爱情被仇恨所困，你将一生饱尝炼狱之苦。

——题记

《赎罪》是一部经典的英国电影，这是我第三次观看这部影片。爱，嫉妒，自私，陷害，忏悔，是这部电影的主题。因为布莱欧妮的嫉妒，自私和陷害，她拆散了一桩原本可以美满的爱情，给爱情的主人带来灾难的悲剧，而她，直到人生的最后，也无法原谅自己的罪行。

那一年，布莱欧妮才十三岁。她喜欢着罗比。当她无意中发现罗比和姐姐塞茜莉亚相爱时，她既嫉妒姐姐，又怨恨罗比。这种怨恨，让她心里装满了报复的念头。她想拆散这桩爱情，最好让罗比和塞茜莉亚彻底分开。那个炎热的夏夜，炎热得让人容易犯错的夏夜，家里发生了一件极不光彩的事，她远房来的表姐在那天夜里，在湖边被人强奸，她明明看到了强奸表姐的人是哥哥的同学马歇尔，她却和表姐一起作了伪证，诬陷了罗比。无辜的罗比在塞茜莉亚的眼前被警察带走了。他在服狱 6 个月之后，选择了随从远征军上战场，但他再也没能回来。姐姐塞茜莉亚痛恨妹妹的罪恶，负气离家，从此和家里断绝了来往。

布莱欧妮从十三岁起，就背负着沉重的悔恨度日。她最大的愿望就是有一天能在姐姐和罗比面前忏悔自己的错误。但她一生都没有等到这样的机会，因为罗比在远征军大撤退的最后一晚，死于败血症，姐姐塞茜莉亚也在避难中因地下水管道爆炸而死去。

布莱欧妮，作为这场灾难的制造者，她之后的人生，从此就没有一刻获得安宁。她放弃了去剑桥大学读书，一个人来到姐姐曾经工作过的护士培训基地接受护士培训，在给病人付出的关爱里，寻找心灵的救赎。她的救赎是漫长的，从她十三岁一直到她八十岁，正像她自己说的——我总是无法忘记我做过的事，和那错误的后果。然而，于罗比和塞茜莉亚，已经没有任何意义。他们被活活拆散，又在苦苦的等待中孤独死去。

罗比和塞茜莉亚是多么相爱的恋人，他们多么应该在一起！“我们缘分未尽，你必须回来，回到我身边”在罗比远去法国战场期间，塞茜莉亚一次又一次在信中对罗比说这句话：“你必须回来，回到我身边！”行军的路程是多么艰苦，多么危险！炸弹和疾病让多少年轻的士兵死在路边。每天，每夜，罗比在最危险最艰难的关头，总是反复轻唤塞茜莉亚 的名字：“最亲爱的塞茜莉亚，我们缘分未尽，我要坚持，我要回去找你。” 这是他在残酷的战场中，不断坚定信念的力量。 在他败血症弥留的最后一刻，在他最后的梦境里，他依然对母亲说："我必须回去，过幸福的日子，她爱我，她在等我……"然而，年轻的罗比最终抱着巨大的遗憾死在了异乡。就因为布莱欧妮十三岁时那个因为自私和嫉妒编造的谎言，让这对最应该在一起的恋人，熬到生命的尽头，也没能等到再见对方一面。

布莱欧妮一心想破坏和拆散的恋人，最终如她所愿，她们没能在一起。但她后来才明白，她从来就没有在报复中获得任何快乐，她付出的代价是一生都活在灾难的悔恨和赎罪中。

她在写《赎罪》这部自传时，把故事的结局改写了，在小说里，她让罗比回到了塞茜莉亚身边，让他们幸福地生活在一起。她说——我把错过的幸福还给他们，这不是逃避，也不是推卸责任，而是一份迟来的仁慈。但它终究是迟了，太迟了。

"爱总是好的，但我们必须小心呵护。"这是电影开头，13 岁的布莱欧妮说的一句台词。是的，爱是好的，但它需要小心呵护。爱是什么呢？爱一个人绝不是自私占有，它也无法占有，只能两心共存。爱一个人是让他幸福，不管这幸福是谁给他。爱也是成全，是祝福，是你的安好我的晴天。如果不明白这爱的真义，爱就容易误入自私的境地。自私地爱一个人是痛苦的，因为它是一种索取，索取的人永远也不会满足和快乐。若爱一个人，我们甘心给予，甘心成全。爱，唯其在给予中，它才永远不会失去。给予别人幸福，你收获的同样是幸福，给予别人快乐，你收获的同样是快乐。若给予别人伤害，你收获的，也一定是愧疚和不安。

爱一个人，我们可以勇敢地说出来，若他（她）也同样爱你，那就幸福地相爱和珍惜。若他（她）不爱，也不必耿耿耿于怀，更不必缠，不必争。我相信，每个人来到世上，都有一个真正和她匹配的爱人，那个你爱他，他同样爱你，且不管你贫富不管你健康还是疾病，都能对你依恋不舍的人，才是和你真正匹配的人，也才是你最应该爱的人。

“爱情带来的痛苦超过世界上任何一种痛苦。”也许正因为如此，被它的痛苦所征服的人，才会像布莱欧妮一样，借以爱的名义，给别人制造灾难，自己也难以安生。

我想，要爱，必先学会爱别人，学会给予，学会成全，它们是爱的救赎。只有这样去爱，才能换取爱的平和与宁静。而平和，是如此美好。

沉静如海

注定分离，无枝可栖，如何说出我爱你？

——题记

我们见过太多，太多的爱情在人间哭泣。

可是，我从未见过他们这样的。

把心撑碎了也说不出口，说不出来那三个简简单单的字。所以，它被眼泪代替，被沉静代替，被最不想启口的那两个字代替——再见。

然后，真的再也不见。

风尚且可以偶尔吹起波浪，轻聆它的涛声。而她的爱情，却无法吐露一丝声息，不能有一句应答。

聂鲁达说，我喜欢你是寂静的，仿佛你消失了一样。寂静，还不算太难，“仿佛消失了一样”，至多也是一种甘愿的忧伤和惆怅吧。而沉静，如夜下的海，辽阔深远，不知从哪里开始，到哪里是结束。或许，让人用尽毕生的力气，也渡不到岸。

的确是那样的，你是谁，就会遇上谁。

假如迈克尔推开朱莉的家门时，朱莉不是正好在钢琴旁叮叮咚咚弹奏着月色流水，弹奏着他最喜欢的巴赫的曲子，他怎会对她一见钟情？不过，像朱莉这样的法国姑娘，平时诗书琴棋深蕴，静静坐在那儿已经分外动人，若是在夜晚，她坐弹一支如水的曲子，那情形，谁能免得了一见倾心呢？

而迈克尔，初到法兰西。在这个被战乱和侵略践踏的土地上，在那样寒风呼啸的冬夜，居然还能够在一间普通的民房里听到自己最喜爱的钢琴曲。这个年轻的德国军官，被琴声震动了，也被朱莉打动了。他站在门口，有些失神。

温文俊朗的迈克尔是一个有着良好教养的年轻人。他以诗歌和音乐般美好的品质，渐渐赢回了朱莉那颗决计冰冷到底的心。

怎么会爱上他呢？连朱莉自己也没有想到吧，她有一天竟然会喜欢上自己的“敌人”。迈克尔，是德国的军官，是代表德国来侵略她的祖国，是法兰西的敌人啊。

可是，感情不就是这样吗？他来的时候，从来不会等你设想好，也从来不会迁就你应不应该，值不值得。你可以冷却在眉头，却无法消散在心头。

迈克尔说，他也是在战争中失去父亲的孩子，他也有战争留下的委屈和伤痛，他服军役，被派来法国，也是他自己无法选择的人生。他还说，他敬重热爱自己祖国的人，所以，他敬重朱莉和朱莉的爷爷；他还说，他喜欢诗歌和音乐，在德国，入伍前他是年轻的诗人和作曲家。

他还说，他喜欢大海。他跟朱莉说，“我之所以喜欢大海，是因为喜欢它的宁静。 我说的不是海浪，而是别的东西，神秘的东西。 是隐藏在深处，谜一样的大海。大海是宁静的，要学会倾听……”

或许，战争只是国与国之间的政治恩怨。而良善的人心，却不分国度，永远处于同一片天空下，不会彼此为敌。总之，喜欢大海的迈克尔，喜欢倾听大海宁静的迈克尔，就这样，一点一点融化了朱莉的心。

可是，怎么能应答，怎么去应答？两国之间的战争，彼此对立的身份，和纯洁的爱情，多么不合时宜！所以，她由始至终，没有开口跟他说过一句话。

只是，当她偷偷走进迈克尔的房间，她所做的一切，都像深爱一个人时最自然的样子。她拿起他的衣服，捧在胸口，把头深深俯了下去，深嗅。她躺在他每晚睡觉的床上，闭上眼，抚摸他的气息。那一刻，她忘记了战争，只有爱，像沉静的海水无声漫过心坎……

圣诞夜，她换上妈妈生前最漂亮的裙子，一个人守在家里。她很难启口跟爷爷解释为什么她想留在家中守夜。只有她自己明白，她是想等他。那一夜，他坐在她的钢琴前，给她弹了他第一次见到她时她正在弹的曲子。

“我最喜欢巴赫这支曲子……第一次见到你时，你就坐在这里弹奏它……”他说。

她听，一言不发。琴声如水，泪光婉转。

弹完曲子，他走过来，站在她背后，伸出手，他多么想让这双手轻落在她的双肩，哪怕就一次。可是，落下去之后，该说什么呢？两国的战争，彼此对立的身份，和纯洁的爱情，多么不合时宜。他一咬牙，收回伸出的手，转身离开。

当侵略与反侵略进入了白热化。反抗组织在迈克尔的车上，装了炸药，只要引擎一响，他和他的车就会粉碎。

车就在外面等，他在楼上收拾东西——他提箱子下楼——他大踏步走向门口……

说还是不说？！说与不说，对朱莉而言都是背叛啊。纠结中，朱莉突然打开琴盖，旋风般弹奏起曲子里最急最险最快的那一部分。叮叮咚咚的琴声，刀风剑雨般落地。他仿佛听出弦外有音，转身，在钢琴旁停了下来。

与他同行的伙伴在等他下楼时，不耐烦地发动了汽车。一声巨响，车子在火光中被炸碎了。

琴声骤停，他盯着朱莉，突然明白了她的心。

可是，几天之后，他就被派遣回国了。

"我，要走了。"他说。

"今晚就动身，回德国，我要去前线了。"他说。

她和以往一样，对他的"独白"，不应一语。泪眼无声。

出发的时间到了。他上车，关上了车门。

就在车子即将发动的那一刻，朱莉跑了上来。夜色凄凄，她该说什么呢？

他打开车门，站在她面前，也不知道该说什么才好。

她嗫嚅了半天，终于挤出两个字——再见……

长长的泪水，纷乱的泪水，和着她内心汹涌的浪涛，决堤而下。

电影看到这里，已是结局。我站了起来，深深吸进一口气，胸口疼，差一点，就哭出声音。不过，我早就学会无声无息地落泪，沉静如海。

我的窗外是滴答的雨声，和这电影里的况味竟如此契合。

朱莉哭吧。我跟她说，我们幸有慈悲的眼泪还可以流淌，还可救赎那些说不出来的忧伤。

再见。故事就这样结束了。可是故事留下的疼痛，还会蔓延很久。

他寂寞的时候，我可以唱歌给他听

好像是前年，偶然在电影频道看了《夜宴》，电影里利欲纷争的情节已经模糊，唯独周迅唱的那首《越人歌》，还有她演绎的青女，却一直喜欢在心上。想念着这些喜欢有些时日了，一直想找个安静的时间再看《夜宴》，听听《越人歌》，看看青女，然后为青女记下点儿什么。这个周六的上午，我去河边回来，子涵已经去画画，先生也捡石头去了。我给自己泡了一壶红枣茶，切上一碟水果，藤椅里垫上一张柔软的靠枕，书房的帘子轻轻拉上，“独家影院”便开始了。日子里的种种琐事，没有一件我想马虎，就算在家里看一场电影也不例外。无论多么小的事，认真地投入了，感觉就会特别好。就像这个周六的上午，我让自己投入一支歌，投入一场美好的光和影。

今夕何夕兮？
搴洲中流，
今日何日兮？
得与王子同舟。
蒙羞被好兮，

不訾诟耻。

心几烦而不绝兮，

得知王子。

山有木兮，

木有枝，

心悦君兮君不知。

这就是电影《夜宴》里太子无鸾和青女唱的《越人歌》，旋律非常简单。而简单的东西背后，往往是深，是刻。深切在看不见的心，铭刻于触不着的骨。也是丰厚的眼泪，在没有表情的简单的背影后簌簌流淌。

太子无鸾，因为父王娶了他心爱的女人婉儿为皇后，心意灰冷的他，无心经营权利，远走他乡。那种失爱又失亲的寂寞，让无鸾写下了这首《越人歌》。想想，那样为爱流放自己的岁月，无鸾该有多少凄凄风雨夜，又该有多少独对残阳的寂静黄昏，念起身在人边的婉儿，唱着"心悦君兮君不知"的惆怅而默然泪下？无处守的爱情，的确是寂寞的。

婉儿问无鸾：《越人歌》是一首写爱情的歌吗？无鸾答：不是，它写的是寂寞。婉儿知道，无鸾的寂寞，皆因她成了他父王的皇后，他的母后。

"你的寂寞，可以找青女说。"青女，是皇上许配给无鸾的。可无鸾心里，只有婉儿。爱情的寂寞皆因它们被安排错了位。所以无鸾说："青女不会懂。一个人不会懂得另一个人，懂了就不寂寞了。"是的，一个人不会懂得另一个人，正因为这不懂的寂寞，我们才会贪恋一种惺惺相惜的温暖相伴。这世上，哪有一种相思不寂寞，可是，如果连相思都没有了，爱也就绝寂了，没有爱才是生命最大的寂寞吧。青女不懂得无鸾的寂寞，但她懂得爱，懂得温暖。

那一晚，青女陪着伤心的无鸾，她问起无鸾的《越女歌》，无鸾说：这首歌，写的是一位王子在泛舟，划桨的女子喜欢上王子，但王子怎会知道？青女想到自己的境遇，不禁黯然神伤，她和那划桨的女子多么相像，她心里，一直喜欢着太子无鸾，而无鸾一心只想着婉儿。"心悦君兮君不知……这划桨的女子真可怜……"青女说着泪眼如珠。是啊，这划桨的女子真可怜，青女也可怜，当然，无鸾他也一样可怜。因为第二天，是婉儿的封后大典，他心爱的女人，在嫁给他父亲后，现在又要嫁给他叔叔。而他的亲叔叔，在谋害其父王篡位后，又霸占了婉儿，想重新封婉儿为后。那一晚，伤心忧愤的无鸾把青女当成了婉儿，强占了青女的身体。不就是身体吗？心都给你了，就算为爱捧出性命也在所不惜。只是，无鸾在拥青女入怀时，心里想的却是另一个女人。对青女来说，这是多么疼痛的爱情，足以让她碎一百次心。可是，青女在如此纷乱的心碎里，却把无鸾紧紧地抱在自己怀里，像一个母亲抱着委屈的孩子……尤其喜欢这个片断这个情节，因为喜欢，因为投入，因为感动，我让自己的眼泪，陪着青女，长长的纷落下来。爱，原来是这么简单，你伤心的时候，我比你更伤心，你哭的时候，我比你更难过……

无鸾的叔叔，当今皇上，为了除去无鸾这个后患，下令把无鸾发配到契丹国当人质，想在去契丹的途中将无鸾杀害。天真的青女，在启程的那一刻跑进大殿，恳请皇上让自己陪同太子发配到契丹。虽然贵为皇后，却依然爱着无鸾的婉儿，不禁醋意大发，质问青女为什么要和太子同去？青女笑着说："他寂寞的时候，我可以唱歌给他听。"多么简单的理由，这爱的理由。可是，你我都知道，若不是深爱着，不会想唱歌给他听，不会。越简单的理由，它承起的爱，就越深……

皇后气坏了。青女不仅没被允许和太子同去契丹，还白白受了皇后婉儿的三十大鞭。婉儿问青女："知道我为什么不让你去契丹吗？"青女答："因为你嫉妒。""你有什么可以让我嫉妒？""我有爱，而你，只爱你自己。"

有爱的人，心是温软的，如青女，她的爱是付出，不问结果。只爱自己的人，心是冰冷的。如婉儿，只体自己那点私情，那点私心。她爱的，其实真的只有她自己。

"即使世界上所有人都抛弃他，我不会，爱情不会"这就是青女对无鸾的爱。哪怕她哥哥对她说：他心里没有你。可青女不悔，她只轻轻说："可是我答应等他。"是的，我答应等他。哪怕这等是漫长的寂寞，然而只要那人值得，这寂寞又何尝不是一种温暖。

在阴谋和欲望纵横的夜宴上，青女喝下婉儿放了剧毒的酒，她唱着无鸾的《越人歌》，没唱完就倒在了舞场上。"即使世界上所有人都抛弃他，我不会，爱情不会"青女喝下毒酒前说的话，仿佛还在大殿里回荡，可一曲《越人歌》未唱完，她要走了……无鸾拨开人群，把青女抱起，这一次，他心里想的，爱的，就是他抱在怀里的青女。青女笑了，中了剧毒的血，从含笑的嘴角流淌……她问无鸾："你还寂寞吗？"这是她在这世上给爱留下的最后一句话。你还寂寞吗？直到生命的终结，她的爱里，仍然只有"你"，而没有她自己。

"有你，我不寂寞。"这是无鸾的回答。

有你，我不寂寞。

如果一定要问爱情为什么，这或许就是吧。

青女，她让我记住了，这尘世里的爱，最简单的才是最深的。在爱情里，百般算计不如一颗单纯的心——他寂寞的时候我可以唱歌给他听。

诺丁山，因为有你此生安然

诺丁山在英国伦敦西郊附近，是一个世界各地居民混居的区域，异国风味浓厚，这里每年夏天举办的狂欢节更是令各国游客蜂拥而至，像个文化大熔炉，在这里各色人种齐聚一堂，有富人也有穷人，不同背景、有着极大差异的两个人也能互相吸引，所以不难相信，在这里，每天都上演着不同的爱情故事，而最精彩的当属《诺丁山》。

很多时候，我们眷恋一个地方，并非因为那个地方有多美，有多富饶，而是因为那个地方，有你心心念念放不下的一个人。归宿，其实不是一个地方，而是一颗心。你想安然栖息的那颗心在哪里，哪里就是你此生最想无限期停留居住的地方。

当记者问安娜：你想在诺丁山停留多久？安娜看着台下的威廉，坚定地说：我想无限期停留……电影的最后，安娜和威廉在公园的长椅上晒太阳，一个坐着，一个躺着，没有言语，只有安然——因为有你，此生安然，是那样一种安然。因为有你，此生安然，世上还有什么样的幸福，比这样的幸福更好呢？我们这一生，不管长短，能决定我们幸福的，归根结底，也就是那么一个，或几个人。因为你在，一切才变得有意义，这就是爱的普世意义。

其实，这部电影的动人之处，不在于它演绎的爱情是如何唯美和纤尘不染。恰恰相反，它所表达的那种爱情，就像生活本身，充满了矛盾，误会和失落。这样的爱情，因为带着弱点和瑕疵，所以更贴近世俗人生，更真实动人。爱情的神圣和高贵，不在于唯美，也不在于纤尘不染，而是千回百转，风雨沧桑之后，我们依然在一起。

真爱是人生至宝，它从来就是一件千回百转的事。如果安娜和威廉没有经历过中间那些波折和磨难，一开始就毫无悬念地相守在一起，安娜又如何懂得：纷繁红尘，路遇众客，威廉才是对的那一个，才是她此生可以安然栖息的皈依，而若丁山，也才是她一路漂泊倦旅之后最想长留久居的地方。

人生若只如初见，这当然不现实。相对初见的虚华美好，我更信赖初见之后，光华退去，弱点暴露，彼此磨合过，受伤过，流泪过，怨过，恨过，迷惘过，绝望过，明知他不是想象中的好，明知他也小气也自私，却依然紧握伊人手，坚定地说：其实你并不是那么好，但我依然舍不下，我还是想和你在一起。

威廉初见安娜时，安娜是万众瞩目的明星，她像高贵的白天鹅，走到哪里，都是中心和焦点。在遇到她之前，威廉就是她的影迷，他迷恋她倾城倾国的笑容，他说，那是梦里才会出现的笑容。所以，当她走进他脏乱的小屋，真实的笑容就在眼前绽放，他对她一见钟情几乎是必然的。而对于安娜这样耀眼的明星来说，威廉应该是她所遇到的男人中，最平常最不起眼的一个。他只是一个旅游书店的小老板，生意很一般，经济拮据，还和别人合租着房子。但他的诚实和善良又跟她以往遇到的那些男人是多么不同。他站在她面前时，因为真心喜欢而局促不安的情态是多么真实可爱，所以，当她换好被咖啡泼洒的衣服准备开门离去时，她又折身转回来，给了他不可思议的一吻。直到她走远，他还为她那一吻迷醉不醒：哦，原来她也不是那么高高在上，她也像平常女子这般调皮和可爱。这就是她和他的初见。后来，当然还有过更温暖更浪漫的片段。正当我们期望这美丽的相遇和爱情水到渠成时，意外和误会却接踵而来。最后，在一次决裂的争吵之后，安娜愤然离去。安娜离开后，为了抚慰威廉的伤痛，亲友们把各路女子带回家，介绍给威廉，然而，要喜欢上一个人是多么难，那是千千万万分之一的概率。她们再好，终不是安娜。

一年之后，安娜因为一部电影的开拍，又回到了诺丁山。临走前，她来到威廉的小店。她想告诉威廉，她不想错过他，她想重新回到他身边，她想留在诺丁山……而威廉因为害怕再次受到伤害而婉言拒绝了安娜。“是的，我明白。”被威廉拒绝，安娜自嘲地笑着，眼里却涌出泪光。她留下威廉喜欢的那幅画，不再言语，默默离开她和他初遇的小店，也即将永远离开诺丁山。

然，在即将失去的那一刻，威廉突然明白，他依然深深爱着安娜。永远失去安娜才是他今生最大的伤害。电影是欢喜的结局。在朋友们的帮助下，威廉在最后一刻，又找到了即将离去的安娜。

我喜欢这样的电影或者故事，温馨，轻松，愉快。它向人们传递着一种美好的希望：在经历磨难之后，善良的人们终获想要的幸福。

当然，若非是安娜有再次回来的勇气和威廉有再次接受的宽容，诺丁山的际遇，也就完全是另一种结局，那就是：时光回不去了，我们也回不去了。

其实，如果真的爱一个人，我想应该是像安娜和威廉这样的：我不想失去你，所以，千山万水之后，我愿意更勇敢，你也愿意更宽容。若可以让爱在一起，勇敢和宽容便都是值得的。

是的，时光回不去，过去的时光谁能再回去呢？为什么要回去呢？我们的以后就不能比从前更好吗？不管是你还是我，我们都只在大地上过一生，只此一生。所以，我愿每个人在每条道路上，都能更好地朝前走，而不是，往回看。

原来，你也一直在等我

让你看了七八遍仍念念不忘的《花水木》，会是怎样一部电影？听你说片名，清幽的草木气息已让我觉得亲切，更何况，在那草木里，又加上一枚石子一样的心……这么想时，我笑了。

一直都喜欢日本电影，喜欢日本电影里的东瀛女子。她们内敛、克制、隐忍、良善、承担。女子，我总是偏爱这样的教养和品质，她们让人安宁。小津安二郎，这个日本黑白电影时代的导演曾说："高兴就又跑又跳，悲伤就又哭又喊，那是上野动物园猴子干的事。笑在脸上，哭在心里……"笑在脸上，哭在心里，这就是日本电影常常传达的一种内涵，对任何情绪浮躁的时代和个人，都是一种慰藉和唤醒。所以，每觉自己情绪快要满得没有余裕时，我通常喜欢找一部日本电影来提醒自己，良好的克制和承担是一种美德。

这个周末，连着两个晚上我都在看小津的黑白电影，他的御用演员原节子，不论是她的表演还是她本人，看着都非常舒心。特别喜欢她在《东京物语》里的纪子，那样默默的付出和体贴。董桥说她"原节子是纸窗上一枝颤抖的梅影"真是十分妥帖又沁心。比起黑白电影《东京物语》和《晚春》，2010 年的《花水木》，感觉好年轻。不过，让你反复看了七八遍的电影，我是一定要看看的。

所以，晨起的第一件事，就是煮茶，观影。《花水木》，这就是花水木呀，如同它的花语，讲的是一个初恋的故事，万水千山之后，又回到那个人的身边。俗套的美好，却温暖得让人落泪。我懂得你为何如此喜爱这部电影了。

你心里，也有这样一棵花水木。这么多年过去，一直还在默默开花，还在念念不忘……查了百度方知，花水木，其实就是茱萸。“遍插茱萸少一人”，少的那一人，往往就是那样固执，处处不见，又无处不在。

电影里，康平留在日本，纱枝去了美国。尽管天涯越来越远，世事越来越沧桑，两人转了一大圈，从开始到结束，依然是最初的你，最初的我。日本，美国，初恋……这样的故事背景，和几十年前的你们，竟如此吻合。也不知道你从哪里得知了这部电影，反正，我的第一感觉，就觉得它仿佛是专为你而拍的。

这个导演真有趣，固执得要命。电影看到康平娶了律子，纱枝也决定嫁给纯一学长时，我以为就该那样结束了。他娶了另一个好姑娘，她嫁了另一个好男人，就这样结束其实也不错，不是也更契合世俗的人生吗？可导演偏不罢休，偏要拍到柳暗花明又一村，好像不让康平和纱枝在花水木下重逢，就没法结束。哪怕是让可爱的律子离婚，让温柔的纯一死去，也要成全他俩的重逢。爱的本质，就是这样固执吧？在一起时，固执爱，不在一起时，固执怀念。康平和纱枝在电影里回归了，重逢了。而你，只能固执怀念……

老来多健忘，惟不忘相思。不忘也好。纵然，有些无处寄放的思念，再长的风也吹不到他的窗前。但，在漫长的风尘岁月里，有一个人可以怀念，值得怀念，有一段往事还堪回首，也是一件温暖的事。

否则，心里空落落的，该多么苍凉，多么没意思呢。

看叶嘉莹先生的访谈，最让我感慨的一件事是听她说，她这一辈子都没有恋爱过，不知道为一个人动心是什么样一种感觉。“不遇天人不目成”，她很遗憾地说，她从来没有遇到过她的“天人”。鲁豫问她，如果人生可以重来，你愿意为自己真正恋爱一次吗？她笑着说，当然愿意了，爱情是人类最美好的感情，一个人一生里一定要深深地爱过一次，才不遗憾啊。说出这番话时，叶先生92岁。岁月可老，爱情，却永远美好。

突然又想起《东邪西毒》里欧阳锋说的那句台词——当你不能够再拥有，你唯一可以做的，就是令自己不要忘记。我相信这世上任何一种美好的感情，它是上苍赐予人间的慈悲与恩典。佛说，爱情让人迷惑，慈悲让人觉悟。我说，若爱，就把一个人爱到慈悲。

说到慈悲，就一定要说说纱枝的妈妈了。在《花水木》里，我最爱的一个角色，其实是她。

还记得她在花水木下跟纱枝说的那段话吗？她对纱枝说：“你爸爸虽然是个随意自私的人，常常说走就走，不顾别人的感受，可他临终前对我说，谢谢我生下了你，谢谢我陪他走到最后……这样就够了。”“这样就够了”，其实也是一种幸福的恩典。甘心而无怨，这样的人，又怎会不幸福？这幸福是不需别人给她的，她自己的慈悲就可以给她。有慈悲，才能无怨。此心无怨，就是幸福。

她和《东京物语》里的纪子一样，是典型的日本女子，用良善承起命运交付的一切辛酸，那样温柔，那样温暖。年轻时，她为爱情私奔。女儿刚生下，爱的人，却离家出走，不知所踪。这若在别处上演，该是怎样一出悲情剧？

当年，徐悲鸿爱上孙多慈时，蒋碧微就对他说，如果你现在回来，我还能原谅你，如果等到孙多慈抛弃你，你才回来找我，我绝不接受。“绝不接受”，这样的情态，看似骨气，却少了一分温柔与慈悲。没有温柔与慈悲的爱，我是不相信的。那样的人，最爱的，其实是她自己。

纱枝的爸爸，离家出走多年，直到被诊断出绝症，生无多时，才又找回曾经的家。他出走的原因，电影没有交代，似乎也意味着，纱枝的妈妈，从来没有追问过他离家的原因。她只是像当初爱他一样，又重新接纳了他。仿佛一点儿也不用力，就把一切辛酸都包容在无边的温暖之中了。我喜欢这样的女子，这样的坚忍、慈悲与温暖。她换来的，是他为她和女儿种下的一棵花水木。他以树的形式和她们永远在一起。

如若不是这样，人生就完全走到另一端——更多苦涩，更多泪水。人与人就是这样，这一生，谁都不会容易，懂得彼此爱戴，才有可能彼此美好，彼此温暖。越自私，越苦涩，越怨恨，越不幸。总之，我喜欢的人，一定是内心没有怨恨的人。哪怕忧伤，也无怨恨。很幸运，我们都是这样的人。

确如你所说，电影拍得很美。几次拍到夕阳，那是我最喜欢的一组画面。康平第一次把纱枝的手握在手心里时，温暖的夕阳正洒满海面；纱枝独自一人去加拿大看小时候爸爸拍照的灯塔时，晚风吹着夕阳，把她惆怅的背影拉得好长；最后，纱枝和康平在花水木下重逢时，寂静的天空下，漫天夕阳正温柔无语……还要说什么呢？原来，你也一直在等我。

夕阳西下，我们总要赶在天黑之前回去。夕阳和花水木一样，都有回归之意。电影里的最后一幕，美得让人泪光闪闪。

生命里的那一幕呢？或许，更多的可能，是在天黑之前不小心错过，而永远都在回归的路上。

也或许，走着走着，走到夕阳无限好，那个人，竟近在眼前——

“相看俨然，早难道好处相逢无一言。”

谁知道呢？

是的，“高兴就又跑又跳，悲伤就又哭又喊，那是上野动物园猴子干的事”。

感谢纪子，感谢《花水木》，此刻，又觉得灵心，有了可以回旋的余裕。那余裕里，是坚忍，是承担，是爱，是慈悲。

那一场不愿意的初恋

总是偏爱这类风格的电影：委婉、细腻、自然、真挚，在不动声色的情节里，慢慢融化我们的情感，一种难以释怀的遗憾，一种淡淡的忧伤，让我们在故事之外意犹未尽，让我们想起一些珍藏在岁月深处的人和事。

《伊豆的舞女》，整部影片的基调很美，是川端康成笔下那种清雅的韵味。大岛的秋天很美，绵绵的秋雨，飘着白雾的山谷，满山的芦草和野花，还有可爱的小舞女阿薰。

山口百惠演的阿薰，纯净得像深山里的一汪清泉，她的表演安静而丰富，一颦一笑总是恰到好处。我喜欢看她静静地笑，静静地流泪，那种纯朴自然、含蓄深沉的表演，现在已经很难见到。

也许，令人遗憾的初恋都是一样的，总是在一见钟情里开始，在依依惜别中结束。甚或，还来不及开始就结束了，就像川岛和阿薰。他一见她就喜欢她，一路追随她到下田，她也喜欢他，每当他在面前出现，总是笑靥如花。其实彼此心里都明白那种喜欢，但直到分别的那一刻，两人都没有说出那个字，甚至，没有拉过一次手。他喜欢她，也只是在她给客人表演时，透过门缝或窗台，在一个安静的角落默默凝视她；她喜欢他，也只是抢着为他端一杯茶，为他偷拿一根走山路用的拐棍，为他拍净沾在裤脚上的尘……

整部影片，他们单独在一起的，只有三次：

第一次是爬山路时，他们远远地走在众人的前面，当他们坐在坡顶休息时，他是有机会向她表示什么的，但他没有，她也没有，俩人只是笑而言他。

第二次，是川岛来跟阿薰辞别的那个晚上。川岛第二天必须乘船回东京的学校上课了，他不想不辞而别，所以约了阿薰晚上见面，想和她辞别。远远地，见到川岛走来，阿薰高兴地跑去问妈妈要钱，第一次和自己喜欢的人约会，原本是多么甜蜜幸福的事，但，连这唯一的一次约会其实也是不存在的。因为阿薰的妈妈不想让女儿去赴约，对她来说，去赴一个没有前途的约会，去接受一份“绝不可能的爱情”只会让女儿过早地承受伤痛。当哥哥去帮阿薰求情时，妈妈对哥哥说的那番话，字字句句，像针一样刺在阿薰的心上——她只是一个社会地位卑贱的舞女，四海为家，居无定所。而他，是一个有前途、受人尊敬的“读书人”，她和他，因为这无法逾越的社会阶层，所以是绝不可能的，她是不能爱他的。

当她满脸惆怅地走下楼来对他说，她不能和他出去时，那是他们第二次独处，对他来说这是最后的机会，他如果不说出自己的心事，就再也没有机会说了。但他，只说他明天就要离开……

听到“离开”两字，阿薰心里当下就受了重击，她抬起眼看他，眼神里有说不出的哀怨，但最终，她什么也没说，哭着跑开了。

第三次，就是最后的送别了，他以为，她不会来送他，到了渡口，却见到她早已蹲在渡船旁等他。这场送别，她从始至终没有开口说一句话，没有以心相许的约定，没有等待的承诺，甚至，没有说一声再见。他也只是请求她把她头上戴的小梳子送给他。

当渡船载着他渐渐远离，她突然向山上的小路跑去，站在涯边，使劲地向他挥动手里的手绢，看到涯上她那只几欲挥断的手，他用了平生最大的声音向她大喊着“喂……喂……”

当她的身影终于完全消失，他想起山上老阿婆对他说的话：“谁也不知道她们明天会在哪里，哪儿有客人，她们就在哪儿落脚，谁让她们是舞女呢。”

是啊，谁让她们是舞女呢？今日一别，不知道她明天会在哪里？人海茫茫，也许永远再不会相逢。川岛紧紧地握着阿薰送给他的小梳子，蹲在甲板上，失声痛哭，那满脸的泪痕，打湿了我们的心……我也喜欢这样爱一个人，那种默默的情怀远比海誓山盟更深重，更动人。

真不愿意故事就这样结束，不愿意这场初恋就这样结束。我想亲口对你说出我的喜欢，却不知什么原因，总是在开口之前失去了勇气，或许，真的爱一个人本来就很难说出口，或许我害怕一旦说出那个字，会给你的人生增加负重，所以我带着满腹心事离去，带着你看不见的眼泪离去……

也许我们都曾有过一场不愿意的初恋——不愿意离别，不愿意失去彼此。但最终，我们总会失去第一次爱的人，从此，单纯无忧的心灵开启了忧伤之旅。

山口百惠，三浦友和，这对经典的银屏搭档，成就了经典的《伊豆的舞女》，那种超越表演的契合，来自他们深爱彼此的心，这样的电影，怎能不让人喜欢？

活着的品质

也许同是女子，对一部电影的热爱，竟常常会被我浓缩到对电影里某个女子的热爱里去。比如《活着》里的家珍，家珍的活着。

家珍是富贵的妻子。

富贵嘛，也确有过一小段富家公子的富贵日子。后来却因为好赌，赌光了所有家产。

而女人，穷一点苦一点都不要紧，只要心里有个慰藉，有一个踏实温暖的依靠，再苦的日子就都能好好过下去。心安了，日子也就安了。可若跟一个赌徒过日子，除了揪心，寒心，就是灰心。

眼看着肚子里的第二个孩子又要出世，想着这孩子一出生，就要面对一个奢赌如魔的父亲，家珍终于决定带着女儿和肚子里的孩子离开富贵和富贵的家。

临走前，家珍去赌场找富贵，原是想在那儿与富贵道别，或许，更想用自己的离开来唤醒富贵的痛悟，让他戒掉赌瘾，浪子回头。可是未及开口，输得气急败坏的富贵，就当着众人骂她：滚，滚远点！

就在那一夜，富贵把祖宗留下来的最后一栋栖身老宅都输给了对手。下注的资本输到精光，他被赶出了赌场。一夜之间，命运翻覆。

家珍带着孩子走了，富贵的老父亲，这一口气无法咽下去，也死了。富贵终于沦落到无家可归的地步。而富贵这名字，于他的命运，已然变成最大的讽刺。

好的是，曾经挥金豪赌的富贵公子终于就此痛悟，重新做人。在他日子最艰难的时候，家珍又带着两个孩子回来了。破散的家，又有了家的样子。

浪子回头，佳人回归。富贵愧疚地说，在你离开的那一夜之后，我就再也不赌了。而家珍，这个大度的女人，没有数落他的过去，连一句早知今日何必当初的话也没说。倒是笑着接过话头：以后，我们就努力安心过日子吧。

家珍是真想安心过日子的，哪怕是穷日子。可命运却总不答应。重聚的日子没过上几天，富贵在走村串巷演皮影戏讨钱时，不幸被国民党强抓充兵，一去杳无音讯。而那时，这个刚重聚不久的家，正贫病交加。婆婆病在床上，两个孩子，还那么小。小儿子有庆，她还得背在背上才能干活。一个女人，上有病老，下有孤幼，那日子，岂是过的？是挣扎。

内战结束，在混战中竭力护住一条命的富贵，死里逃生后终于又辗转回到家来。回到时，天尚未亮，满街是闭着的门，黑着的灯，门里的人，还在梦中。清冷的长街，空无一人，他唯见家珍，疲惫不堪的家珍，背上背着小儿子有庆，正一脸疲倦地往烧水的炉灶里添柴。她必须在天亮之前把供应给整条街坊的开水烧好，然后一家一户送到门口去，这是她维生的工作。婆婆已经离世，女儿凤霞，因为一场大病，变成了不能说话的哑巴。她忙着带孩子活下去，连哭的时间和力气都没有。憔悴是憔悴的，可她身上那股子边愁边累边痛边承担一切命运的勇敢却从未失去过。

这回富贵回来，各自吃尽苦头的夫与妻又终于熬到团聚，日子总算又有了奔头。电影里，重逢的这个细节，拍得特别好，家珍把头靠在富贵的肩上，她没有委屈痛哭，连一声哽咽也没有。那个镜头里的家珍，只有两行默默的眼泪，克制而隐忍。我想，这就对了，克制和隐忍，即是对无常命运最好的承担了。千难万苦，你只要努力熬住，熬着熬着，总能熬出一点好来的。

富贵问："我走的时候，凤霞还好好的，怎么一回来就不会叫爹了？"家珍回头看看凤霞，没有哀叹命运对女儿的不公，倒是满脸感恩与欣慰："这孩子呀，高烧烧了七天七夜，能活下来已经是命大了。"在她看来，病灾天灾都难以预知，更无法免除，能在天灾中活下来，就是赢家。这种朴素坦然的态度，真让人感动。

内战是结束了，而个人命运的跌宕却远没有结束。家珍在接下来的日子中，又先后失去了儿子与女儿。

"大跃进"时期，全民大炼钢铁，人人都要上阵，夜以继日，吃睡在炉边。连小学生也不例外。儿子有庆就是在学校炼铁时，意外身亡的。因为实在太困，有庆躺在围墙下就睡着了。到学校视察炼铁的市长，因为车子失控，撞倒了那堵墙，睡在墙边的有庆未能幸免于难。死时，家珍给他带去学校的一盒饺子，还未来得及吃上一个。

家珍无法原谅市长，就在儿子的坟头，她冲着市长喊："你记着，你欠我们家一条命！"其实，这市长，不是别人，恰是当年和富贵一起演皮影戏，又一起死里逃生的患难兄弟春生。而在接下来的"文革"中，市长春生，忽也成了被批判的对象，妻子"自杀"，春生自己也了无生趣，决定一死了之。他去找富贵道别，想把自己多年的积蓄交给富贵，算是对有庆之死的最后补偿。而那一夜，对着春生落寞别去的背影，家珍突然又喊出了当年曾经冲着他喊过的那句话——你还欠我们家一条命呢，得好好活着，不能死啊……在活着的大苦大难面前，家珍的个人恩怨被更深沉的悲悯代替了。这种代替，即是人道，是大义。“你得好好活着”的呼声，朴素而良善，让人动容。

“文革”的震荡，波及各个领域。医院也被一群年轻的红卫兵学生和护士所掌控，而医生和教授都被关了大棚，被停职审查。所以，凤霞在医院产后大出血时，找不到一个可以急救的大夫，那会儿，有经验有技术的大夫，都被关在牛棚里。好不容易从牛棚里“请”来的教授，关键时刻却不省人事。一群手忙脚乱的学生和护士，终没能挽救凤霞的生命。凤霞就那样在家珍眼前，死在了产床上。家珍，刚喜添新丁，又悲添新坟。一儿一女，都匆匆走在她前头了。

这天灾人祸总是不停不断，这生离死别总是无休无止。活着，就这么难。哭吗？逃吗？脆弱吗？可你脆弱了就不用面对了吗？不行啊，一个孩子去，一个孩子来，生生不息，你一转身，就得，打起精神。

痛是痛的，但家珍身上那股子边苦边忍边熬边承担一切命运的骨气却从来没有垮掉过。

她指着那两座坟，笑着问馒头（凤霞留下的孩子）：“凤霞是谁？”

“妈妈。”

又笑着问：“有庆呢？”

“舅舅。”

眼前的孩子，机灵乖巧，俨然又是一个小有庆了。

家珍又笑着告诉凤霞，你的孩子，又长了一岁啦。

唉，是这样的。你只要努力熬住，熬着熬着，总还能熬出新的好来……

后记：

电影《活着》是张艺谋根据余华同名小说《活着》改编执导的一部电影。它曾获法国戛纳电影节评委会大奖、最佳男演员奖；美国金球奖最佳外语片提名等等。

一个时代有一个时代的伤痛与悲情，生逢其时的人，只能和那个时代的人们一起，共同承担共同隐忍共同接受，彼此悲悯，也彼此宽容，除此之外，没有办法，能勇敢活过自己无可替代的一生就好。活着，有时就是活一种精神，而好的精神，无论在哪个年代，都一样通用。勇敢地活着，就是一种美德。

非常喜欢张艺谋拍的这部电影《活着》。有人说，它的成就在小说《活着》之上。我觉得电影和小说，不能比，它们应该各有无法替代的成就。但我个人会更喜欢电影，这也纯属个人喜好。

我永远喜欢那些朴素自然的东西，电影也一样。所以，电影《活着》，不论是台词、画面，还是巩俐和葛优的表演，都非常契合我对朴素和自然的偏爱。电影中，一些温暖的细节被轻柔地融合到整部电影的苦难历程中，让人无比慰藉。它让你相信，无论活着是多么沉重艰辛，人性中最朴素最美好的那部分，永远不会被消磨掉。所以，活着，既无法跳离时代，却仍可以把姿态活得比时代更高或更美好一些。

怎样活着才好？

无常的命运一次次可着劲把你往死里整，你得一次次可着劲把自己往好里活。我想，这就是活着的品质吧。

“一个电影，什么也做不了，也无法解决人们的现实问题。但那种安慰是，你可以知道，世界上还有另外的人，也对生命诚实，他们经历的痛苦或者心酸，你能了解，你觉得也能因之而被了解。”说得真好，这也是我对电影的感觉和态度。

影片《活着》的年代已经远去。我相信张艺谋拍这部电影的动机也并不复杂，他只是在真实地再现真实。而真实背后的东西，就由各人去感受、去反思去取舍了。

最后，我想说感恩，因为“我们终于有机会有了更为平常的人生，更为世俗也更为具体的生活”。

那就好好珍爱吧，让我们的活着，配得上这种幸运与安妥。

往事不要再提

《霸王别姬》是陈凯歌的代表作。这部电影很长，从晚上 7 点多看到凌晨，当屏幕上打出“剧终”两个字，已是夜深人静。电影完了，我依然在原地静坐良久，仿佛回不过神，这就是好电影的魔力，不愧是陈凯歌的经典之作，情节流畅，人物生动，演员出色。

人生如戏，各色的人在这部戏里演绎着各色的人生。不管是程蝶衣、段小楼，还是菊仙，他们每个人的一生都曾有过抗争，有过奋斗，有过辉煌，但最终都是凄凉落幕，真正是曲终人散。

程蝶衣，是片中最复杂的一个人物。他的出生，原本就是个悲剧，他是青楼女子之子，人生的起点就比别人多几分悲凉，学戏也比别人苦。但，正如他师父说的那样：想要人前显贵，必得人后受罪。他人后受那许多罪之后，少年初长就成了万人宠爱的“角儿”。他演虞姬，演到了人戏不分的地步，让人恍惚是虞姬再世。演的多了，连他自己也疯魔了，本是男儿身的他竟把自己当成了虞姬。他一厢情愿地爱着与他对演楚霸王的师兄段小楼，这是他人生最大的悲剧。他是真虞姬，但段小楼是假霸王，他把戏当成了人生，而段小楼在戏之外还有自己的人生，这样的交错，注定了他心灵上无法归依的痛。因此，他一辈子恨菊仙，恨这个“夺走”他师兄的女人，不管菊仙如何待他，他始终不肯在心里认这个女人是她师哥段小楼的妻子。甚至，在红卫兵面前，他几乎是恶毒地揭发了菊仙的“罪”行。菊仙的死，他是脱不开干系的。

但对程蝶衣这个人，总是同情多于怨恨。他本善良，收养了被父母丢在梨园门口的弃婴“小四”，真心疼他，称他“四儿”，亲如自己的孩子，可就是这只被他焐活的“小蛇”，最后却出卖了他，把他拉上了批斗台，这是他的另一个悲剧。假如当初他听师父的劝——“各人有各人的命”，不理会这个被人丢弃的小生命，或许他们仨的命运就不是这样的结局了。他的一生，从头到尾都脱不了一个“悲”字。“疯魔”或许真是人生的大忌，“疯魔”于戏成就了他，也毁了他。人活于世，万千险象，哪能不给自己留一点清醒。戏好则好，但那毕竟不是人生，哪能拿戏全当人生。

张国荣演程蝶衣，给我的感觉不是在演，那种从骨子里散发出来的忧郁是演不了的，那种发自灵魂深处的哀怨眼神是演不了的，程蝶衣就是张国荣，张国荣就是程蝶衣。

“楚霸王”段小楼，他在青少年时代，还算一个人物，也许是霸王演的多了，身上总有一股霸王义气。在梨园，他处处袒护师弟程蝶衣，像一个霸王护着他的“虞姬”。正是他的这种袒护，使程蝶衣从小就对他有依赖，长大后，这种依赖又渐渐转变成一种依恋。

在花满楼，也是他用这股子义气，英勇地救了菊仙。危难时刻的英雄救美，总会在美人心里留下难解的情愫，就在小楼伸出双手接住从楼上纵身一跳的自己的那一刻，菊仙爱上了这个男人。但最终，在人人自危的“文革”，这个男人，为了保全自己，不仅自私地“揭发”自己的师弟程蝶衣，甚至，当着红卫兵的面，当着菊仙的面，说他不爱她，要和她划清界限。

有时，人生的磨难可以坚强人的意志，但很多时候，磨难也会让一个人变了气节。相比程蝶衣，相比菊仙，段小楼是三人中最可悲的角色，也正如他自己所说的："我是假霸王。"在危难面前，他的霸王义气消失殆尽，不再是程蝶衣和菊仙心中的那个霸王，所以最终，他们都离他而去，霸王的后半生，只能自个舔着愧疚和悔恨孤独度日，境况比死还凄惨。

菊仙是这部影片里我最喜爱的人物，她也是影片中的灵魂人物，是观众的"精神慰藉"。她一出场，就是花满楼的头牌姑娘，自然美貌聪颖过人。虽为青楼女子，阅尽世态炎凉，但在她身上全没有一点对世道的哀怨和对自己身世的自怜。也许她知道，哀怨、自怜都没有用，她赖以生存的环境不允许她哀怨，也不允许她自怜，她必须得打起十二分精神，把自己变得圆滑泼辣，才能应付那帮"坏男人"，哪还有工夫去唉声叹气。当她遇上段小楼，他的英勇义气让她动了真情，也不管他是否真心爱她，她拿出全部家当，自己赎了自己，大半夜，光着脚，穿着粗布素衣，就奔他而去，见到他，她只说自己被赶出花满楼，走投无路，如果他不收留她，她唯有一死。多么聪明，多么有胆识！她太了解段小楼了，她断定他不会见死不救。结果也正如她所料想的那样，段小楼收留了她，她如愿成了他"真正"的媳妇。

菊仙果真不是一般的女子，她可以为爱破釜沉舟，但又决不盲目。菊仙的优点不只聪明，果敢，她还有一颗柔软宽容的心。比如她待程蝶衣，尽管程蝶衣一直把她当情敌，一直对她怀着敌意，但关键时刻，她还是救他。他恨她，但她从不怨他，相反，她对他好像只有怜惜。最感人的一个细节是：当程蝶衣在昏迷中迷迷糊糊地呼唤着"娘"，她毫不迟疑地把他紧紧抱在怀里，像母亲抱着自己生病的孩子。当她亲眼看着段小楼为了保全自己，在红卫兵面前“揭发”程蝶衣时，她用一种决然陌生的眼光看着段小楼，像从来不曾认识这个男人。她为程蝶衣心痛！但，就是两个她对之这样好的男人，最终却都无情地伤害她。

程蝶衣把对师兄段小楼的愤懑转而发泄到她头上，当众揭发她是妓女，是花满楼的头牌妓女。随即，她被红卫兵揪上批斗台，像她这样的女子，批斗只不过是皮肉之苦，她受得。若揭发她可以救程蝶衣，救段小楼，她是情愿的。但，当段小楼当众说他不爱她，要和她划清界限时，她的整个世界在顷刻间坍塌了。程蝶衣，红卫兵或者其他什么人伤害于她，她均不在意。但这世上，她唯一的亲人，她唯一爱的男人，这个曾经承诺与她不离不弃的男人，这个她愿意舍弃繁华为他吃苦受累的男人，怎么可以在最危难的关头，不顾她的死活？她要让他悔恨一辈子！昔日那个英勇义气的霸王在她心里已经死去，“君王义气尽，贱妾何聊生？”菊仙没有掉一滴眼泪，心死的人是不会有泪的，她穿上出嫁时穿的红衣妆，悬梁自尽。

总觉得菊仙才是真正的“虞姬”。其实段小楼还是爱她的，但他更爱他自己，他对她所有的承诺也是由衷的，只不过当承诺遭遇危难时，往往就败了阵。我们活在世上，多多少少总要承受来自各方的伤害，但我们不该去伤害那些爱我们的人，那些对我们有恩的人。

这世上，再聪明的女子，也会为情所伤，这是女人的宿命，但心中有爱的女人总是美的。看过巩利在张艺谋影片中的多种形象，但没有一个能像菊仙这样打动我，她把一个智、勇、善、美、有情有义的菊仙生动地呈现在观众的面前，除了她本身缺少一点风尘味，巩利演的菊仙，真的无可挑剔。

故事在一声悲叹中落幕了，这一段悲伤往事，和菊仙这样的女子一道，都离我们远去了。

“往事不要再提，人生已多风雨……”当林忆莲悲情的歌声在片尾唱起，我落泪了，为菊仙，为程蝶衣，为人生中那些忧伤的往事。

过去的，不会再来，人生已多风雨，不能总为往事伤心。

往事不要再提，放了过去，才能抓住明天。